河出文庫

私の方丈記
【現代語訳付】

三木卓

河出書房新社

私の方丈記【現代語訳付】†目次

私の方丈記

【現代語訳付】

現代語訳　方丈記

川の流れはいつも新しい水にかわっている

川は、いつもおなじ姿で流れている。しかし、その流れをかたちづくっているのはおなじものではない。新しい水がたえず上流から流れてきては、そのまま下流にむかって流れさっていく。これがありのままの姿である。

流れのよどみには、水のあわが浮かんでいる。あわは、いまここで消えていくかと思うと、またあちらに生まれる。あわの浮くよどみというおなじ情景ではあっても、じつは消えては生まれる、はかないくりかえしをわたしたちは見ているのだ。いつまでもこわれないあわが、浮いているわけではない。

この流れの水や、あわのあり方とおなじことが、人間のじっさいの姿や、住む家についてもいえる。

はなやかで美しい京の都。いろいろな身分・境遇の人たちが住む家々が、建ちならんでいる。おたがいはりあっていると感じられるほどだ。この情景をながめていると、家というものは幾代たっても、そこにずっと建っているもののように思われてくる。

しかしそれはほんとうか。では、と見なおしてみると、ずっと以前からある家は、じつはとても少ない。この家は、去年火事にあって焼け、今年になってから建てられたものだ、とか、あの家は、むかしにくらべるとはるかに小さな家に建てかわってしまっているぞ、とか、だんだんわかってくる。

住んでいる人間についても、おなじことがいえる。なるほど家のある場所は、もとから建っていた場所だし、たくさんの人がにぎやかに住んでいることもむかしどおりだ。が、では、と思って見なおしてみると、むかしからの人の姿は、二、三十人のうち、たったのひとりかふたりしか見あたらない。みんなあの世にいってしまった。いまいるのは、あとをうめている人たちである。

朝なくなる人がいる。夕がた生まれてくる人がいる。人間の命は、はかない運命の下にある。まったく、こちらで消えるとあちらで生まれてくる、水のあわのさまそっくりではないか。

生まれては死んでいく人間は、どこからきたのか。そしてどこへむかって去るのか。それは、わたしにはわからないことだ。そういう人間にとって家などは、みじかい生のあいだを過ごす、ほんのしばらくの居場所にすぎない。

そのことを人々はわきまえているだろうか。たとえば、いざ家を建てるとなると、人はひどく神経をすりへらし、できあがるとあかずながめて楽しむ。それはだれのため、なんのためか。これもまた、わたしにはわからないことである。

家も、住む人も、おなじはかない存在ではないか。どっちが先にこの世から姿を消すか、という時期の早い遅いをあらそっている、とすらいえそうな両者である。これはまさに朝顔とその花びらに宿る朝露の関係である。

花と朝露。あるときは露が先に落ち、花が残る。が、その花も日をあびると、じきしおれる。あるときは花が先にしぼみ、露が残る。そのときも、夕がたまで露がもつというわけにはいかないのである。

焼きつくした安元の大火

わたしが、ものごとがわかる大人になってから、もう四十年以上の時間が過ぎた。その間に、信じられないようなたいへんなできごとに、いくどか出会っている。

あれはたしか安元《あんげん》三（一一七七）年四月二十八日のことだった。都を強い風がふきまくった夜八時ごろ、火が出た。火は東南から西北にかけてひろがり、とうとう天皇のいられる大内裏《だいだいり》南面の正門である朱雀門《すざくもん》をはじめ、正殿の大極殿《だいこくでん》、役人養成のための大学寮あるいは民部省《みんぶしょう》などに燃えうつり、朝にはすべてが灰となってしまった。

火もとは、樋口小路《ひぐちこうじ》と富小路《とみのこうじ》の四つ辻あたりということである。舞をする芸人たちがとまっていた、仮ごしらえの小屋から出火した、といわれている。

火はふきあれる風にあおられて、扇子をひろげた形に燃えひろがった。まだ火がとどいていない遠い家でも、人々はふきつけてくる煙をあび、むせかえって苦しんだ。火の近くともなると、炎は風にのって地を走った。灰は熱で空に舞いあがり、炎の光をあびてあたりはまっかになった。炎は強い風にちぎられ、二百メートルぐらい先までとんでそこで燃えうつるという、飛び火となってひろがっていった。

火中の人たちは、おそろしさでぼうっとしていたことだろう。ある人は煙にむせながらたおれ、ある人は炎のすさまじさにやられて、その場で死んだ。やっとの思いで、からだだけは助かったが、財産まではもちだせなかった人もいた。貴重な宝はすっかり灰になってしまったのである。たいへんな損害だったことだろう。

この大火事で、高い位の人たちの家が十六軒も焼けた。そういう方々でもこれだけの被害があったのだから、一般人の被害はいったいどれほどだったか、見当もつかない。なにしろ都全体で三分の一が焼けたのである。

死者の数は男女あわせて数千人。牛馬ともなると、これはもう数かぎりもない。

人のおこなうことは、おろかなことばかりである。だが、こんなにも火事の危険がある都に、たくさんの金をつかい、神経をすりへらして家を建てるなどということは、まったくどうしようもないことといわなければならない。

治承のつむじ風のおそろしさ

これはまた、治承《じしょう》四（一一八〇）年四月ごろのできごとである。中御門大路《なかのみかどおおじ》と東京極大路《ひがしきょうごくおおじ》の四つ辻付近で発生した大きなつむじ風が、六条大路《ろくじょうおおじ》のあたりまで暴れながら進んでいった、ということがあった。

三、四百メートルあまりを進むあいだに、風の範囲にはいった家は、大きいのも小さいのも、みんなこわされた。ふきたおされて、ぺちゃんこになった家がある。まわりの板壁をすっかりふきとばされて、骨組みだけになった家もある。四、五百メートル先まで門をもっていかれた家も、隣家との垣根がなくなって、いっしょになってしまった家もあった。

　まして家のなかの家財道具などは、もっとひどいことになった。なにもかも空にまきあげられたのである。屋根につかわれていたひのきの皮や薄板の類にいたっては、木枯らしをあびた枯れ葉のように舞いちった。

　風にあおられたちりやほこりが、あたりに煙のようにたちこめているので、なにも見えない。はげしいとどろきのために、人が話す声すらきこえてこない。地獄をふくあのおそろしい風でも、これほどではないだろうと思ったことだった。

　災難は、家がこわれたということだけではなかった。こわれた家をなおしているうちに負傷するような目にあい、不自由なからだになってしまった人もまた、とても多かった。

　つむじ風はその後、南南西へむかい、そっちの方向でも、多くの人々をなげき悲しませる災厄をもたらした。

　つむじ風のふくのはめずらしいことではない。が、こんなひどい災害はきいたこともない。これは異常な事態である。これは、これからわるいことがおこるぞ、と神仏がつげているのかもしれないと、思ったりした。

遷都がもたらした変化

また、この治承《じしょう》四年六月には、とつぜん遷都《せんと》という事件がおこった。これはまったく予想外のことだった。

はじまりをいえば、この平安京は、いまから四百年以上も前、嵯峨天皇《さがてんのう》の時代に都とさだめられたものときいている。それほどの歴史のある都は、よほどの理由もなしにうごかすべきものではない。だから人々は心配になってその気持ちをのべあったりしたが、これは当然というべきである。

だが、話してどうなるものでもない。まず天皇さまがうつられた。そのあと大臣や公卿《くぎょう》が、新都の福原《ふくはら》へとうつっていったが、これはひとりの例外もなかった。主となると、ほかの役人たちも、旧都にいるわけにいかない。出世をのぞみ、主君のひきたてをのぞむ者は、一日も早く新しい都へうつろうとがんばった。いっぽう、時代にのりそこなってあまりものになってしまい、将来に希望ももてなくなった人たちは、暗い気持ちで、まえの都にとどまっていた。

かつてはりあうように屋根をつらねていた家々も、住み手がいなくなって日がたつと、だんだんあれていく。ばらばらにされ、いかだに組まれて淀川《よどがわ》に浮かんだ家もあった。これは川下にある新しい都までばらしてはこび、そこでふたたび家に組みたてる、という考えである。そんな家の建っていた土地は、たちまち畑となってしまった。

新しい都は、できたばかりだから当然道がわるい。そのため、人々の交通・運送手段についての考えもかわった。馬なら悪路にも耐えられる。それでもっぱら馬や鞍はだいじにされるようになり、それまで利用していた牛や牛車《ぎっしゃ》はすてられた。また、主君から領地をもらうのにも、みな、九州や四国・中国のような富んだ土地をのぞんだ。そして政治的に不安定な東海道や北陸道の荘園《しょうえん》などはのぞまなかった。

そのころ、ちょうど用件ができたわたしは、摂津にある新しい都の福原をたずねた。それで、新都のようすを見ることができたのだが、そこはとてもせまいところだった。区間の道路もしけないほどである。北方は山にいたる上り斜面であり、南方は下り斜面で海がせまっている。潮騒《しおさい》がいつもはげしく、とくに潮風が強い。

皇居は山のなかだったので、かつて斉明《さいめい》天皇が九州朝倉《あさくら》に皮つき材木で建てたという素朴な御所（木《き》の丸殿《まろどの》）はこういうものであったか、と想像させるようなところがあり、そこには新しい感覚のやさしさがあった。が、しかし、旧都からはこばれてきたはずの家、くる日もくる日もばらされて材木となり、川幅がせまいと感じられるほどのいかだとなって流れくだっていった家は、いったいどこにどのようにして建てられているのか。見わたしたところ、家はまだ少なくて、空き地だらけだった。

まえの都は早くもあれてしまっているのに、新しい都はまだできあがっていない。人々はだれも、浮き雲のような宙ぶらりんの気分である。以前から住んでいた者は、自分の土地をとられて暗い気持ちだし、こんどやってきた者は、家を建てなければならないめんどうをなげいた。

道ばたへ出てみると、いままでは牛車にのるのが当然という人が、馬にのっている。公卿の服装である衣冠《いかん》や狩衣《かりぎぬ》をつけているのが当然という人が、武士や民衆の服装の直垂《ひたたれ》を着ていたりする。都らしいおしゃれも、あっというまに、いなか武士ふうになってしまった。

こういう変化は世がみだれる予兆である、ときいてはいたが、これはまさにそうだった。日が過ぎるにつれ世の中はおちつきを失い、人の心もゆれた。人々の心配していたことは、やがていろいろな災厄がおこったことで、思い過ごしではなかったことが証明されてしまった。そのためにとうとうこの年の冬十一月二十四日、天皇はもとの平安京にお帰りになられる、ということになった。

そうなると、つぎつぎにばらばらにしてしまった、あの旧都の家は、どういうことになるのか。すべてをもどすことなど、とてもできはしなかった。

伝えられるところでは、むかしのかしこかった君主たちは慈愛をもって国をおさめた、という。中国の帝王堯《ぎょう》は、茅《かや》で御殿の屋根をふいたが、国民の労苦を思って、その軒の茅先の乱れを切りととのえるということさえさせなかった。またわが国の仁徳《にんとく》天皇は、国民のかまどからのぼる煙がとぼしいのをごらんになって、規定の貢ぎ物をおさめることまでも免除なさった。これは人々に恵みをたれ、世を救おうという、君主のお気持ちによるものである。こういうむかしの事例とくらべてみると、いまの世がどんなによくないものか、よくわかるのである。

養和の飢饉のすさまじさ

ずいぶん前のことなので記憶がはっきりしないが、これは養和《ようわ》(一一八一～八二年)の時代のことだったと思う。二年ほどつづいた飢饉《ききん》のために、なんとも目をおおうような悲惨なことがおこったのだった。

春から夏は日照りつづき、秋は台風と洪水の来襲、とわるいことばかりで、穀物はことごとくみのらない。春にたがやして夏にうえても、その努力はみのらず、秋の刈りいれ、冬の収穫という心おどる結果につながらなかった。

これはたまらない。農民は土地をすてて国外へ逃げだし、家をほうりだして山に住む者もいた。天候回復のためのあれこれの祈禱がはじまり、いくつかのとくべつな祈禱もおこなわれたが、ききめはまるでなかった。

なにごとにつけてもいなかの物資を頼りにしているのが、都というものである。が、いまやはこんできてくれる者もいない。こうなっては都の連中も、気どってばかりはいられない。こらえきれなくなって貴重な財産を、捨て値同然で売ってしまおうとした者もいたが、興味をもって見てくれる人など、いはしない。

それでもたまには、取り引きしてくれる人がいることにはいた。そのときでも、黄金《こがね》などよりも粟のような穀物のほうに価値があった。道ばたには乞食がたくさんいて、うれい悲しむ声はあたりにあふれていた。

そんなさわぎのうちに、最初の年はようやく暮れた。年あらたまった今年こそは立ちなおるだろう、と期待したが、わるいことはかさなるものである。こんどは疫病が出て、事態はめちゃくちゃになっていくいっぽうだった。

飢えは日一日とふかまる。それにつれて人々は、水がとぼしくなって苦しむ魚のたとえそのままの状態に追いこまれた。とうとう、笠《かさ》もかぶり、脚絆《きゃはん》もしている身なりのいい者までが、ただもう、ものを乞うて家から家へと歩くようになった。こういう弱りきった人たちは、歩くかと思えば、じきにたおれてしまうという状態だった。

土塀のかげや道ばたには、飢えて死んだ数知れない人々の姿があった。かたづける者もいない。死臭あふれるなかで変わりはてていく姿は、とても見られたものではない。まして死骸の捨て場である鴨《かも》の河原《かわら》などは、かわいそうな人々の遺体でうめつくされていて、馬や牛車《ぎっしゃ》が通る道もないほどだった。

きこりなどまでが力をつかいはたし、売りもののたきぎを山まで切りにいく体力がなくなった。頼れる人がいない者は自分の家をこわし、それを市場にもっていって売ったりする。そうしてひとりがやっともっていったものが売れても、一日の命を養うだけのものを手にいれることができなかったという。

たきぎのなかには、赤い顔料がついていたり、金属をうすくのばした箔《はく》がところどころについている木がまじっている、ということもあった。おかしいと思ってきただすと、これは古寺に押しいって、仏像やお堂のなかのものをぬすんだり、引きはがしたりしてもってきたもので、それをたきぎにするためにたたきわった、ということだった。これはまったく、せっぱつまった者のしたことだ。

こんなに心にこたえるつらいおこないを見なければならなかったのは、わたしが悪と汚れの、この時代に生まれあわせてしまったせいである。

しかしまた、ふかい感動をおぼえることにも出会っている。それは、はなれられないほど仲のいい夫婦の場合である。そういうときには、かならず相手を思う気持ちがふかいほうが先になくなった。それは、思う相手のことが心配で、たまさか食べものが手にはいっても、自分のことはあとまわしにして、相手にやってしまうからだった。

親子の場合だったら、きまって親が先に死んだ。母親が死んでしまっているのに気づかないでいっしょにねていて、まだ乳をすっている幼児もいた。

このころ仁和寺《にんなじ》に隆暁法印《りゅうぎょうほういん》という僧がいた。この人は、数知れない人々がこんな死に方をしていったことを悲しみ、死者と出会うたびにやすらかな成仏《じょうぶつ》を願って、そのひとりひとりの額に、梵語《ぼんご》の文字のなかでももっとも大切な文字「阿」

を書いてやった。

この人はまた、なくなった人の数も知りたいと思い、四、五月の二か月のあいだに出会ったなきがらの数もかぞえた。平安京の一条から南、九条から北、京極から西、朱雀《すざく》から東という左京の死者の数は、四万二千三百をこえた。

しかし、この期間の前後になくなった人もいたわけである。またこの地域の外、たとえば鴨の河原や白河《しらかわ》や西の京、そのほかのまわりの場所にいた死者の数をくわえると、これははてしのない数にのぼることになる。さらにわが国全体、ということになると、これは想像を絶することだ。

崇徳院《すとくいん》さまの時代というと、長承《ちょうしょう》（一一三二～三五年）のころということになるかと思うが、その時代にもこんなことがあったという。が、そのじっさいのようすは知らない。しかしわたしはこんど、そのおそろしい情景を目のあたりにしたのだった。

もっともおそろしいのは地震

この飢饉とおなじころだと思うが、もうれつな大地震におそわれたこともあった。

この世のものとも思われないありさまだった。山くずれがおきて川をうずめ、海はのしかかってくるような大津波となってせまってきて、陸をあらった。地面はさけて水がふきだし、山の大岩はわれて谷にころがり落ちていった。岸辺近くをいく船は、ゆれさわぐ波にもまれてただよい、道をいく馬は脚をとられてよろよろした。

都にもその近郊にも、無傷な社寺の建物はひとつとしてない。あるものはくずれ落ちているし、あるものは倒壊している。ちりや灰がさかんに燃えている煙のように、はげしくたちのぼっている。ゆれる地面やこわれる家のとどろきは、まさに雷鳴だ。家にいればいまにも下じきにされそうだし、外へ走り出れば、地面がわれひらいて飲みこまれそうな気がする。

鳥ではないから、空をとぶことはできない。竜だったら雲にのってしまえたのに、とさえ思った。数あるおそろしいことのなかでも、地震がいちばんおそろしいのだ、と思いしったことだった。

なかにはこんなひどい事件もあった。あるお侍の六、七歳の子どもが、土塀の庇《ひさし》の下に小さな小屋をつくって、無邪気に子どもらしいことをしてあそんでいた。ところが地震がおこったときその土塀がとつぜんくずれ、その子はぺしゃんと下じきになり、生きうめになってしまった。

子どもはひどい打撃で、両方の目が三センチほどもとびだしてしまって死んでいた。両親はその遺体をかかえ、これ以上はないという声をあげて泣き悲しんでいた。見ていたわたしも、なんともあわれで悲しい思いをした。どんな強い者でも、自分の子どものこととなると、なりふりかまわなくなるものだ。そうなるのも当然、という強い気持ちにうたれたのだった。

はげしいゆれは、じきにやんだが、ゆりかえしはなかなか終わらなかった。ふだんだったらおどろくようなゆれが、二、三十度はくるという日がずっとつづいたが、十日、二十日とたつうちにようやくへりだし、日に四、五度、そして二、三度、ついで一日なにもなかったというような日があって、二、三日に一度、とだんだん間遠になっていき、おさまるまでに三か月ほどかかった。

この世の根源は地・水・火・風の四大要素からなる、というのは、仏教の教えるところである。そのうちの水・火・風は、つねに害をおよぼすが、大地はふつう安定していて、まあ変事はおこさないものである。

しかし、こんどの地震はすごいものだった。むかし、斉衡《さいこう》（八五四〜五七年）のころだったか、やはり大きな地震があって、東大寺の大仏さまの頭が落ちるというすさまじいことがあったときいているが、それだってこんどのとはくらべようもないものだという。

ことがおこったばかりのころには、人はみな、この世のむなしさを口にするようになり、多少は心のにごりがとれ、ものが見えるようになったかと思われた。しかし、時がたってその印象がうすれてくると、またもとのもくあみになり、だれも地震のことなど口にしなくなってしまった。

人はどこに、どう住めばいいか

人の世が生きづらいところであること、また人間の肉体もその住んでいる家も、はかなくほろびる運命にあって、あてにできないものであること。このことについては、いま見てきたとおりである。だから、さらにそれぞれの事情、住んでいるところのちがいとか、身分のちがいといったことがもたらす悩みごととなると、これはもうあまりに多くてかぞえきれるものではない。

かりに自分がごくふつうの身分で、権力ある者の家のそばに住んでいるとしよう。そうすると心から喜びたいというときでも、隣へのえんりょからさわぎまわって楽しんだりはできない。またふかい嘆きのなかにあっても、声をあげて泣くわけにもいかない。立ち居ふるまいにはいつも気をくばり、おそれおののかなければならないが、そのようすはちょうど、すずめが、たかの巣に近づいたときのようである。

また自分が貧しいのに、金持ちの家の隣に住んでいたりすると、いつも自分のおそまつな姿を恥じ、先方を意識した、いくじのない態度で家の出入りをするようになったりする。妻子や召し使いが金持ちの家をうらやむのを見たり、金持ちの家の連中が人を人と思わないような態度をとっているのを耳にしたりすると、心はいつもゆれうごき、すこしも休まるときがない。

せまいところにいれば、近くで出火したとき災いを逃れることはできない。都からはずれたところにいれば、いったりきたりがたいへんだし、盗賊に出会うことも多くなる。また、時を得て旺盛な活動をしている者は欲望が強く、ひとり暮らしをしている者は他人から軽く見られる。財産がある者は、うばわれはしないかという不安が多く、貧しい者はうらみがましい。

だれかを頼りにすると自分は失われ、その者のさしずの下に身をおくことになる。だれかのめんどうを見れば、愛着する気持ちにしばられる。世間のいうとおりにしていると、自由がなくて苦しい。かといって世間にさからうと、頭のおかしなやつと思われる。せめてしばらくのあいだでもこの身をくつろがせ、休息をとらせたいと思うが、そういう者はどういうところにいて、なにをすればいいのか。

わたしが僧になるまで

もともとわたしは、父方の祖母の家をついでずっとそこに住んでいた者だった。いろいろと思いだすことも多い家だったが、その後縁が切れるようなことがおこってつらい思いをし、そこにいるわけにいかなくなった。それで三十をすこし過ぎたころ、あらたに自分で小さな仮住まい——庵をむすんだのである。

これはささやかなもので、もとの住まいとくらべると、十分の一の広さしかない。居間になる部屋だけをつくって、わざわざ建物をつらねるような邸宅とはしなかった。それでも土塀だけはつくったが、門をかまえることはできなかった。牛車《ぎっしゃ》置き場の柱は竹になった。

これでは、雪がふり風がふいてもだいじょうぶ、というわけにはいかない。鴨川の近くだから洪水のおそれもあるし、ぬすっとの心配もしなければならない。

そして、この三十数年というものは、暮らしにくい世の中をじっとこらえ、苦労して生きた年月だった。その間いくども、うまくいかなくなるという事態に出会い、自分は運のない人間だとさとった。それで、五十歳の春をむかえたとき家を出て僧となり、この世から逃れたのである。

もともと妻子もいない身であるから、仏の道に入るときに、すてることをおしむようなものはなかった。社会的な地位も、高い給料も得ていないのだから、俗世間にたいする執着もない。

こうしてわたしは、都の北の郊外大原の里でなにもしないで暮らすことになり、ここで五回の春と夏のくりかえしをむかえおくったのだった。

わたしがむすんだ庵のこと

ところでわたしは、六十歳になったときにまた家をつくった。じき命がつきる年になってから、これから先の人生を過ごす場所をつくったのである。旅行する者があす旅立つというのに、たったひと晩のために家を建てたというか、若いかいこがこれからずっとそこで成長するためのまゆを、年よりのかいこがいまさらつくったというか、これはそんなつじつまのあわない話である。

こんどの住まいは、人生の中ごろを過ごした鴨川べりの家にくらべると、さらに百分の一もない、小さなものである。年はどんどんとり、住まいはどんどんせまくなったということだ。

こんどの住まいは、世のふつうの家とはちがっている。部屋は、一丈四方、つまり約三メートル四方というつつましい広さで、高さは二メートルほどである。（訳者注——一丈四方を略して「方丈」、この随筆の題『方丈記』は、この庵で書いたという意味である。）

ここにずっと住む、と決心していたわけではないから、土地までを自分のものとはしなかった。そして土台をつくり、屋根は仮にふき、木材の継ぎ目はかすがいでとめておいた。かんたんにしたのは、ここが気持ちに合わなかったら、もちはこんで引っ越せるようにしたのである。これなら、かんたんきわまりない。ぜんぶまとめてもわずか車二台で積めるし、運び賃をしはらうだけですむ。

建てた場所は、平安京のはずれの日野山のおくであるが、まず暮らしの準備をした。

東がわには、柴をくべて炊事をする台所のために、一メートルほどの庇《ひさし》を出した。南がわには、竹のすのこをしき、その西がわには仏さまにお供えするものをおく閼伽棚《あかだな》をつくった。また、北がわにはついたてを立てて、そこに阿弥陀《あみだ》さまの絵姿を、その横に普賢菩薩《ふげんぼさつ》さまをかけさせていただき、その前には法華経《ほけきょう》をおかせていただいた。東がわのすみには、わらびの葉や茎のよくのびたものをしきつめて寝場所にした。西南のがわには竹のつり棚をつけ、そこに革製の黒行李《くろこうり》を三箱おいた。

行李のなかには、和歌の本や音楽の本、源信上人《げんしんしょうにん》さまがお書きになった仏教書『往生要集《おうじょうようしゅう》』などの抜き書きをいれておいた。そしてその横に琴と琵琶をそれぞれひとつずつ立てておいた。これがわたしの仮の宿である庵の見取り図である。

では、わが庵の外はどうなっていたか。南には、かけられた樋を流れてくる、つまり水道である懸《か》け樋《ひ》があった。水の落ちぎわには岩をつかったたまり場ができている。近くに林があるので、燃料につかう木切れはいくらでもひろえる。このあたりは外山《とやま》というが、『古今和歌集』の、「外山」の出てくる有名な歌、

深山《みやま》には霰《あられ》降るらし外山なる
　まさきの葛《かずら》色づきにけり

にあるように、ここの道もおびただしいていかかずらにおおわれている。

谷もふかい緑だが、西がわはひらけている。ここで、しずんでいく太陽を見つ

めながら、西方浄土《さいほうじょうど》に思いをよせる仏道の修行をすることもできそうである。

春になると藤の花がいっせいにさいて、波打つのが見られる。人がなくなると阿弥陀さまたちがやってきて、浄土につれていくというが、そのときあの方々がのってくる紫の雲は、この藤のようではないかと思う。しかも花は西がわにさいていて、とてもきれいだ。

夏はほととぎすが鳴くのがきける。あの世ゆきの道案内をするというほととぎす。声を耳にするたびに、わたしはそのことをお願いする。

秋はひぐらしの声でいっぱいだ。このはかない人の世を胸いっぱいに感じている、ときこえてくる。

冬は雪を見つめる。積もっては消えていくさまは、人間の犯した罪のありようにそっくりだと思う。

ときにはお念仏をとなえるのもめんどうくさく、お経にも気がのらないときがある。そういうときは自分で休みときめ、なまけることにしている。

ひとり暮らしだから、それはいけないという人もいない。見られて恥ずかしいという人もいない。ひとりだからだまっているだけで、わざわざ無言の行をしているわけではないが、そのためよけいなことをいう、という舌の罪は負わないでいられる。戒律をしっかりまもろうと努力しなくても、ここにはわるさをするきっかけがない。それでやぶりようがないのである。

かつて満沙弥《まんしゃみ》という万葉時代の歌詠みが、人の世のことをこぎ出ていく船の航跡のはかなさにたとえた。そのはかなさをしみじみと感じるような朝、わたしは宇治川《うじがわ》べりの船着き場である岡《おか》の屋《や》を往来する船をながめながら、満沙弥の歌のあじわいを自分のものにしようとしたりする。あるいは、風が桂の葉を鳴らす夕がたには、わたしは、むかしの中国の大詩人白楽天がつくった詩「琵琶行《びわこう》」に出てくる潯陽《じんよう》という河に気持ちをよせて、琵琶をひいてみたりする。それは、わが国の歌人 源 経信《みなもとのつねのぶ》がよくしたことであって、わたしは経信の心も自分であじわってみたかったのである。

それでさらに興がのったときには、琴をとりだし松林の風のひびきにあわせて「秋風楽《しゅうふうらく》」を、あるいは、水のせせらぎにあわせて「流泉の曲」をひいたりする。

わたしの芸はうまいものではないが、そもそもこれは、だれかを楽しませようというものではない。ひとりひき、ひとりうたって、自分の心の世界をあじわっているだけである。

この山のふもとに柴の庵がある。山番が住んでいる小屋である。そこには男の子がいて、ときどきわたしをたずねてきてくれる。それで、ひまなときにはいっしょにぶらぶらして過ごしたりする。

その子は十歳、わたしは六十。年はまったくはなれているが、心楽しいことにちがいはない。ふたりはいっしょに、ちがやの花の芽をぬいたり、いわなしをとったり、むかごをちぎったり、せりをつんだりした。あるいは、山のすそのたんぼへいって落ち穂ひろいをし、収穫時のお百姓がかわかすためにするように、穂組みのまねごとをしてみたりした。

うららかに晴れた日には、峰によじのぼってはるかに平安の都のほうをのぞみ、木幡山《こわたやま》、伏見《ふしみ》の里《さと》、鳥羽《とば》、羽束師《はつかし》のほうをながめる。白楽天がうたったように、美しい風景に持ち主があるわけはないから、したいように心をなぐさめることができる。足が軽くて、遠くへいきたいと願うときには、ここから峰をつたって炭《すみ》山《やま》をこえ、笠取山《かさとりやま》を通っていき、石間寺《いわまでら》にもうでてみたり、石山寺をおがんだりする。ときにはまた、広い粟津《あわづ》の原《はら》をわけてすすみ、琵琶の名人蟬歌《せみうた》の翁《おきな》のゆかりの場所をたずね、田上川《たなかみがわ》をわたって歌人猿丸大夫《さるまるだゆう》のお墓をおがむ。帰りにはその季節のものを、たとえば桜の花枝、もみじ、わらび、木の実などそれぞれをとりあつめて、仏さまにそなえたり、家にもって帰ったりする。

しずかな夜があれば、窓から月をながめて旧友のことを思い、とどいてくるさるの声に袖をぬらしたりする。とびかう草むらのほたるは、遠い槙島《まきしま》のかがり火の火の粉とまちがえるほどであり、夜明けのはげしい雨のひびきは、嵐が木の葉をふき過ぎるひびき、ときこえてくる。山鳥がほろほろと鳴くのをきくと、むかしの歌人がうたったように、これは父の声か母の声か、と思ってしまう。

峰にいる鹿が近くまでやってきて、なれたようすをしめすのも、わたしがどれほど遠く世の中からはなれて暮らしているかを、わからせてくれる。眠りがとぎれがちになっている年寄りのわたしがふと目ざめ、火鉢の灰にうめた火をほりだしてじっとあたり、その火とともに過ごす夜もある。

ここは、おそろしいというほどの山おくではないから、ふくろうの声も、心にしみるものとしてきくことができる。そのようにあじわいぶかい自然の情景には、ここではいつの季節にもいくらでも出会える。これはわたしでもそうなのだから、そういうことをいつもふかく思い、またふかく知る人であれば、感じ得るものはこんな程度のものではないはずだ。

庵暮らしの楽しさ

わたしは、ここにすこしいてみようか、というぐらいの気持ちで住みはじめたのだった。だがそれからもう、五年もたってしまっている。この仮住まいの庵も、だいぶなれしたたしんだ古家となって、軒には落ち葉がふかくたまり、土台にはこけがむしている。

都の人たちはどうしているかと、用事のついでなどになんとなくきいてみたこともあった。すると、わたしがこもってから、身分の高い方々がたくさんなくなった、ということがわかった。ましてそれ以下の人々となれば、これはもう、たいへんな数の者が死んでいることになる。たびかさなる火事で焼けてしまった家もまた、どれだけあるかわからない。

この仮の宿りの場である庵だけが、のどかで平和である。せまいことはせまいが、夜の寝場所もあるし、昼間すわっている場所もある。ひとり身が住むには充分である。やどかりは、他の貝を借りて自分の家にして暮らす習性をもっているが、そのとき小さな貝を好んで選び住んでいる。そのほうが安全だからである。また、鳥のみさごは、荒磯にいる。それは人間をおそれ、その危険をさけるためである。

わたしもまた、そういう者である。危険というものを知り、この世というものを知っているので、欲望をいだいたり、ばたばたしたりはしない。ただ、平安であることをのぞみ、うれいごとがないことを楽しいこととしている。

ふつう、人が家を建てるのは、かならずしも自分のためではない。妻子や従者たちのためだったり、知己や友人のためだったりする。主君や師匠のためであることも、ときには財宝、使用している牛馬のためであることすらある。

わたしは、いま、自分のこの身のために庵を建てた。だれのためでもなかった。なぜそうしたかというと、いまの世の中のありようや自分自身の状況のせいである。わたしには、ともに暮らす相手もいないし、手助けしてくれる従者もいない。だからたとえ広くしたとしても、ではだれを泊め、だれを住まわせるというのか。そんな相手は、いはしない。

そもそも友だちなどというものは、金をもっている者をだいじにしたり、あいそよくふるまう者を気にいったりする。かならずしも人の情がわかる人や素朴な人がらの人間が愛される、というわけにはいかない。だから、楽器や自然を友だちにするのがいちばんいいのである。

また従者などというものは、ごほうびをたっぷりくれたり、なにかと心づけをわすれない主人をだいじにする。情愛ぶかくあつかってもらうことや、平安で心配のない生活をのぞんだりはしないものである。そんな連中といっしょに暮らすくらいなら、自分自身が自分の従者になるにこしたことはない。

自分を従者にするしかた。それは、必要ならただちに自分の身をつかう、ということだ。これはくたびれはするが、人をつかったり、人に気配りしたりするより気楽である。出かける仕事があれば、自分で歩く。これは苦しいことだが、馬だ鞍だ、牛だ車だと、乗り物のことで神経をつかうより気楽だ。

いま、わたしはこの肉体をわけて、二つの仕事をしている。手を従者に、足を乗り物にするのは、自分の望みどおりのことだ。からだは、心が苦しいと感じるときにはわかるわけだから、そのときは休めばいいし、調子がいいときにはつかえばいい。

つかうといっても、ほどほどがよい。調子がわるくめんどうくさいという気持ちになっても、気にしないのがいい。

そもそもつねに動き、つねに働くのは、からだにいいことだ。なにもしないでいていいわけがない。他人にめんどうをかけるのはわるいことだ。他人の力を借りないで生活すべきである。

着るもの、食べるものについても、おなじことがいえる。衣生活では質素なもの、たとえば藤ごろもや麻の寝具など、手にはいるものをそのまま肌にふれさせているし、食生活では、野にそだつよめなとか山の木の実などを食べて命をつないでいる。他人とつきあわないから、そまつななりでも恥じたり悔いたりはしない。食べものがとぼしいので、そまつなものでもおいしく感じる。

こうした庵の生活の楽しみをすべて、金持ちの人たちにむかって、どうだ、と主張するつもりはない。ただ自分自身のむかしといまの生活のしかたをくらべてみて、かつての自分には、こういうすばらしさがわからなかったなあと思っている、ということなのである。

世を逃れ、出家してからは、他人にたいする恨みもなければ、恐れもない。わたしはこれからどうなるか、というようなことは天にまかせて、あれこれ思いわずらわない。わが身は浮き雲のようにはかないものだと思い、自負ももたなければ、完全だとも思わない。人生いちばんの楽しみは、うたたねをすることにつきるし、いちばん満足なのは、春夏秋冬おりおりのさまざまな美しい景色を見たという、その思い出である。

　そもそも、世界というものは、われわれの心ひとつにかかっている。だから、もし心がみだれていれば、どんな財宝もなんの意味もなく、宮殿やりっぱな高い建物も価値あるものと感じられない。

　いまわたしは、一間しかない庵にさびしく住んでいるが、この住まいをわたしは愛している。ときに都にいったときなど、自分が乞食のようになったことを恥ずかしく思うこともあるが、いざ、この庵に帰ってくると、ほかの人々が俗事に気ぜわしくしていることを、気の毒だと思うのである。

　もし、わたしのいうことをおかしいと思うなら、魚や鳥の生きている姿を見るがいい。魚は水にあきない。それは、魚でなくてはわからないことである。鳥は林にいたがる。それは、鳥でなくてはわからないことである。わたしのしているしずかな生活のあじわいもまたおなじことである。自分でやってみなければ、わかるものではない。

庵で思うこと

わたしの人生は、かたむく月が山のへりに近づいているようなもので、もう残りわずかである。じきにあの世の暗闇にはいっていくことになるだろう。

そんなわたしだから、もうごたごたいうことはなにもない。仏さまが教えてくださったことは、なにごとにたいしても執着心をいだくな、ということだった。だからいまわたしが、この草ぶきの庵を好むのも、しずかでのんびりとした生活を愛するのも、これは執着心のあらわれであるから、死んで極楽へいくためのじゃまになるだろう。であるのに、なぜわたしは、こんななんにもならない楽しみのことを語って、時間をついやしているのか。

あるしずかな暁に、わたしはこんなことを考えていて、自分に問いかえしたことがあった。

わたしが世を逃れて、山林にかくれ暮らすことにしたのは、心の修行をして、仏さまの道を学ぶためだったはずである。にもかかわらずわたしは、姿こそ僧だが、心は世俗の考えでにごっているではないか。

この庵は、あのむかしのインドの偉大な修行者、維摩居士《ゆいまこじ》さまの住んだ方丈の部屋にならったものであるが、わたしの身につけたものは、お釈迦《しゃか》さまのおろかなお弟子、周梨槃特《しゅりはんどく》さんの修行にもおよぶところではない。

これは、前世のむくいとしてあらわれた貧しさ、いやしさが、わたし自身を悩ましているのか。それともよこしまな心がとうとう頭にきて、わたしは気が狂ったのか。

しかし、そのときわたしの心は、この舌に二、三度、われらをお救いくださる仏、阿弥陀《あみだ》さまのお名まえをとなえさせただけで、それ以上はなんの返事もさせなかったのだった。

時は建暦《けんりやく》二（一二一二）年、三月の末、この文章は、わたくし出家者蓮胤《れんいん》こと鴨長明《かものながあきら》が、外山《とやま》の庵で書いたものである。

（三木卓 訳）

私の方丈記

その一　川について

ゆく河の流れは絶えずして、しかも、もとの水にあらず。よどみに浮ぶうたかたは、かつ消え、かつ結びて、久しくとどまりたる例《ためし》なし。世の中にある、人と栖《すみか》と、またかくのごとし。

この原稿が、みなさんに読まれるころには、ぼくはまた新たな誕生日を迎えていることだろう。まったく誕生日というやつは、年齢を重ねるにつれてますます速度を上げて巡ってくるので、忌々しいったらありゃあしない。

昔はもちろん髪のふさふさした美少年だった。理髪師だった祖父は、そういうぼくを見て「おまえは、あまりに髪が多い、多すぎる」とつぶやいては髪梳き用の特別の鋏で梳いてくれるのがいつものことだった。ぼうぼうと髪が伸びているぼくが、特大のハンバーグライスなどパクついていると、見ていた友人が「ウーン。なかなか迫力がある。まるで飽食したクマが、さらに飽き足らないで貪り食っているという風景だな」と賞賛したりしたものだ。

最大で六十八キロぐらいあったのだが、この世の風は冷たく、今のぼくは痩せているし、物もあまり食わない。それでも下腹はすこしずつ出かげんで、次第にズボンが窮屈になってきている。一方痩せてはならないところが、痩せていく。

今、ここにぼくがいる、こうして存在しているということがフシギでしかたがない。ぼくは、ほんとうに神奈川県鎌倉市の小さなアパートのうすぐらい一室で、パソコンを叩いている。これは、今やかなり肉体的にも精神的にもイカレているけれども、六十年前に中国長春の中国人たちの市場の雑踏のなかで、強大なソ連兵の掠奪をおそれながら、タバコを売っていた子ネズミのような少年のなれのはてである。

ぼくは自殺したいと思ったことのない人間で、それを友人に話すと「お前は極楽トンボだな、よく、それで文学なんかやっていられる」といわれた。しかし、ワニに片足をくわえられている人間は、どうしたって逃げることしか考えられないものだ。

で、ぼくは生き残ることばかりを考えて逃げることばかり考えた。自殺なんていうのは、死ぬ自由をもっている人間の余裕みたいなものである。

つまりぼくは、その六十年の紆余曲折の時間の経過のあいだに、どこかでとうに死んでいた方が自然だった。それがどうして、こうしているのだろうか。

鴨長明（かもの・ながあきら）は、九百年ほど前に京都に生きていた。かれは川の流れの考察からはじまる『方丈記』という老年の心境を語るエッセイを書いたことで、今なお大いに愛読者をもち、入学試験にも出題されたりしているが、ぼくもまた、かれの書いた『方丈記』が、ひどく好きである。まるで、ぼくのために書いてくれたような親近感を抱いている。もちろんずいぶん違う人生であったような気もするのだけれども、その気持はちっとも矛盾しない。

鴨長明は、京の糺の森の神官の家に生まれた子だから、かれがいちばんよく親しんだ川は、当然鴨川である。ぼくは京都へ行くと、比叡山や鴨川を眺めて、やあまた京都へ来たなと思う。はじめて見た高校生のときの鴨川は、業者たちが友禅かなにか染めた反物らしい布を、いっせいに流れに晒していたところだった。布たちは流れのなかで華やかな海草のように揺れ動いていた。

そういう風景ははじめて見たから、これが日本だ、日本というものなんだと大陸帰りの少年のぼくは思った。日本は山紫水明、満洲帰りの目から見ると水が信じられないほどいい。ぼくは、静岡市の駿府城の外堀をさやさやと流れる清流が好きで、初夏にはその上を、光の糸を息づくように曳き飛ぶホタルたちを呆然と見ながら戦後の少年時代を過ごしたが、見ているだけでからだがさわやかになるような気がしたものである。

ふたつの川の話をする。

ぼくは一九三七年に、満二歳で日本から中国へ船（多分、大阪商船）で渡って、一九四六年までいた。つまり第二次世界大戦の最中から敗戦後までということになる。

父親はもとアナーキスト系の詩人で、社会変革への多少の心情のこもった詩を書いたが、そのころにはもうシッポを巻いていて失業者、古本屋の主人などをへて出版関係者になっていた。

かれが最初に着任したのは、港町の大連で、そこでは南満洲鉄道株式会社社員会の社内報である「協和」という雑誌の編集者だった。日本にいて食えなかったので、詩の先輩でモダニストの福富菁児氏が「こっちへ来ないか。食えるぞ」と呼んでくれたのである。ついで、満洲日日新聞（新聞統合で満洲日報となる）記者に転職した。事情はわからない。その結果かどうか、かれは、奉天（現瀋陽）、新京（現長春）と転勤した。

ぼくが意識的に川と出会ったのは、その奉天郊外北陵である。ぼくは、中国東北の軍閥でのちに西安事件の立役者になる張学良の兵営のそばに住んでいた。西安事件によって、国民党と共産党が手をむすんで日本に対抗するようになったのである。その軍営は林のなかに立っている堂々たる建物だったが、その建物のほとりを小さな川が流れていた。

それは大河である渾河の支流になるものであったろうか。そのあたりは朝鮮族のひとたち（当時の朝鮮系日本人）が一面水田をつくっていたから、あの川は水を引き込むために大きな役割を果たしていた。小学校低学年のぼくには、炎天のなかを歩いていて、朝鮮族の実直そうな農夫から生簀にとらえてあった大きなウナギをもらった、うれしい思い出がある。「もってかえっていいぞお」といわれてぼくは両手で生簀のウナギをつかんでさし上げた。農夫はニコニコしていくどもうなずいてくれた。

またカブトエビが発生した年もあった。水面一杯に繁殖したカブトエビは、いっせいに甲羅を沈め、数多くの足を水面に向けて細かく動かしていた。不気味でグロテスクな風景だったが、生命の力も感じた。カエルも多くて、ぼくは何匹殺したかしれない。あれはみんな、川が育てていた。

冬場になると川は見事に凍ってスケート場になった。だが、充分凍結していないと氷が割れて水中に転落する。そうすると氷の下に入ってしまうから出ようがなくなり、まず助からない。そうして死んだこどもの話が、ひそひそと語り伝えられた。おそろしかった。

冬は夕方になると、気温が下がり、日中の暖気で多少はゆるんでいた氷が再凍結しはじめる。そのときはあちこちから、ピシピシという音が起る。氷の上に立っていると、その、警戒心を刺戟するピシピシという音に取り囲まれるので、おそろしくなってすくみ、動けなくなった。

それよりも驚いたのは、川がすっかり結氷したあと、真冬に起った出来事である。ぼくたち日本人の少年たちは、かなり離れたところに住んでいる朝鮮族の少年たちと対立していた。もっとも、何処まで具体的に対立していたかは定かではない。どうして対立しなければならなかったのかもわからない。ぼくたちはドブロクをつくっているという彼らをあざけり、ののしっていたが、そもそもそういう朝鮮族の少年たちに具体的に出会っていた者がどれだけいたか。日本人の大人たちがいう差別的な言葉を、そのまま受け入れてあざけっていたのではないか。

そういうことは、なぜか疑うことなくこどもはしたがうのである。

川が結氷して驚いたのは、不意にその朝鮮族の少年たちが、スケートをあやつって、日本人の少年たちの縄張りに侵入してきたことだった。かれらは、ものすごいスピードで川を下ってきては、

「お前たちが弟をいじめたのだな。容赦しないぞ」

とすごい声で脅した。体格もいいし、動きもいい。とうていかなわないような連中がやってきては、脅して去っていく。

ふだんははなれていて、出会うことがないから、平気で悪罵をとばすことができた相手が、冬になると至近距離にいることになる。ぼくたち日本人の少年たちは、川の変貌のもたらす意外な状況におびえ、世界に対してすこしばかり慎重になることを学んだ。

もうひとつの川も、やはり中国東北の錦西（現葫蘆島市）で出会った。戦争が終った翌年の一九四六年のことである。ぼくたちは、引揚げ途中で消化器のよわっていた祖母が、旅に堪えられなくなったので、団体からこぼれおちて当地の廏

のような救急病院に入院した。それは、食べられる草といえばノビルしかなかった貧しい草原のなかでのことである。そばのやや窪んだ土地を細い川が流れていた。

その日は午前中から雨になっていた。昼前後にふと病舎の外に出てみて驚いた。そこにどうどうとした大河が流れていた。

どうしてこんな大河があるのか？　なんで今まで気がつかなかったのか？

そしてわかった。今降っている雨が、あの細い川を大河にふくれあがらせたのだ。

それにしてもなんというどうどうたる大河だろう。濁流は渦を巻いてものすごい速度で下っていく。向う岸は、雨のせいもあるが、かすんであまりはっきりと見えないほどだ。

ぼくは、息をのんで大河をみつめていた。

雨がやむと、じきにまた、もとの細い川にもどった。

中国は木のない山が多く保水力がない。雨水はすぐ流れ去ってしまう。一瞬のうちに小川がどうどうたる大河にふくれあがる。そしてまたたちまち小川にもどる。ふだんは道であることもあるという。それが中国の川だ。あとでそういうことを知った。

昼間はふつうの服装でいいが夜は零下十度までにもさがる。九月の大陸性のはげしい温度差。そのなかで祖母は衰弱死した。

今年も、どっちの川も同じことを繰り返しただろう。祖母も少年も、もうどこにもいないけれども。

その二　ことの出会いかた

朝《あした》に死に、夕《ゆふべ》に生るるならひ、ただ水の泡《あわ》にぞ似たりける。不知《しらず》、生れ死ぬる人、何方《いづかた》より来たりて、何方《いづかた》へか去る。また不知《しらず》、仮の宿り、誰《た》が為にか心を悩まし、何によりてか目を喜ばしむる。

ぼくの作家としての年譜を見た人に「あなたはこどものころ、たいへんだったんだね。苦労をずいぶんしたんだね」といわれたことがある。「はあ」とぼくは返事をしたけれど、そしてそれはその通りかもしれないけれども、内心では、そうかなあと思うところもあった。たしかにいろいろなことがあった。だが人間だれでも大人になるまではいろいろある。年譜などに現われない苦労の方が、すごいものがあったりしはしまいか。幾度も死の危険をおかしながら生きてきたことはたしかだが、けっこう幸福な少年時代を送ってきたような感覚も、同時に記憶のなかにもち続けている。

しかし、このごろはまたすこしずつ見方が変ってきた。もちろん、だれにとっても人生はたいへんなのだが、ぼくのやつがそう楽だったとはいえない。

こどものころは、自分の場が唯一の現実である。負荷がたとえ異常にかかってきていたとしても、その者はその人生しか知らないわけだから、人生とはそういうものか、と、まずは思う方が当然だろう。ぼくの育った時代は、日本が戦争をし続けていた時代だった。それは社会としては異常な状態で、そのなかで、大きな時代の圧力を受けながら育ったわけだけれども、当人はそれを当然とも思わないで当然だと思っていた。その社会しか知らないのだからしかたがない。

ぼくは数え年四歳でポリオ（小児マヒ）にかかって左足が不自由になり、その他の手ごわい病気、腸チフスや敗血症、ジフテリアなどなどにぬかりなくかかって死にかけたり助かったりしたが、ひとたびかかってしまえば、それはそういうものだと受け入れていた。マヒのために足首がぐらぐらでスケートどころではなく他の子がスケートで氷の上をすいすいとすべるのを眺めているしかなかったのだが、ぼくはそいつらのスケート靴の刃を、油と砥石でといでやることに興味と関心をもち、８の字型にいっしんに砥石をすべらせて、刃をバリバリに立ててやることによろこびを感じたりしていた。

もちろん、自分がすべることができない、という悲しみはあったけれども、人が速くすべっているのを見るのは好きで、今でもスピード・スケートの競走を見ると心がおどる。

いや、スピード・スケートだけでなく、スポーツを観戦することを、ずっと愛好してきた。楽しく快いという基本的なうけとめがあるからだが、しかし、ときどき自分はスポーツを嫉妬して嫌っても当然だと思うのに、好きなのはどうかしているのではないか、と自らをいぶかることもある。ぼくは、自分で自分を欺してきたのではあるまいか。

足の問題は、それなりに重大だと思い、うけとめてきた。しかし、ではどこまで具体的に自らの人生の先のことを透視できていたか、というとそれはあまりよくわからない。かなり、人生のそれぞれのそのときになるまでわかっていなかった、というのが、ほんとうのところだ。

しかし、父親の死ということの意味については、それ以上にわからないできていた、ということを最近は思う。あれは、ぼくの人生にとって相当なことだったのだ。

ぼくの父親は一九四六年の中国で、発疹チフスで死んだ。戦争後の内乱期で、国民党軍と八路軍が市街戦をたたかっていた、そのさなかでのことである。

父親は新聞記者だったが、敗戦で新聞社がなくなり、新京日僑善後連絡処という、日本人の互助支援組織のメンバーとして活動していた。もともと、からだの弱かったかれが、その支援活動のさなかに、当時の避難民日本人たちのあいだで流行していた感染症にやられたのは、あってもおかしくないことだ。当時の日本人の（中国人の）悲惨な状況を思い返すと思う。

仕事はないのでお金は出て行くだけで入ってはこない。いつ日本に引揚げることでこの状態からのがれることができるか、わからない。そういうなかでの家長の死である。ぼくには中学生の兄がいたものの、まだ小学校の四年生だった。

病んだのは、わずか二週間である。発疹チフスは、高熱が出て意識が混濁するから、口から水分も食物もとることができない。生理的食塩水の注射などうけたけれども、これから回復期へむかうというところで、心臓がもたなかった。

敗戦の現実のなかで医療体制も心細い状態だった。とはいえ点滴があればなんとかなったと思うが、当時はまだ点滴がなかった。あの冬から春へかけて、発疹チフスでなくなった人は多かった。とくに国境地域から逃げてきた日本人避難民たちは、打ちすてられたままになっていた人々も多かった。都市の学校などで集団で暮していたが、きびしい冬越しだったと思う。

二週間での死というのは不意打ちである。ぼくは、はじめて肉親の死と出会って、大きなショックをうけた。春の日射しのなかで、みんなが遊んでいるとき、ぼくはそのなかにとても加わることができなくて、アパートの壁にしょんぼりよりかかってうなだれていた。さびしさが足のつま先からはい上ってくるのを今もおぼえている。

たしかに、たいへんなことだった。しかしぼくは、ショックでガタガタしながら、これはあたりまえのことだと、どこかで思おうとしていた気配がある。戦争が負け戦で終って人はバタバタ死んでいるのである。父親に死なれたことは自分にとってえらいことであるが、どこの家だってそんなことが起っているはずだ。自分にできた心の空洞は自分でかかえこんでいけばいいので、ことさらのことではない。

父親が死んだ直後に、すぐにそこまで思ったとは思わない。だがたしかに、父親の死など当時の少年たちの世界ではありふれていた。とくに自慢の種にも卑下の種にもならなかった。

しかし、死の直前の父親が首をふり出し、下顎呼吸をはじめ、それがだんだんふれ幅がせばまって来たときの記憶はいつまでも頭にこびりついていて、なまなましかった。

母親が枕元で泣きながら「おとうさん、ながいたたかいだったねぇ」と呼びかけたのも異様な感覚で残っていた。

　ぼくは小学四年で庇護者である父を失った。それはやはりたいへんな人生を予告していたし、またそれを生きたのだ。

　大人になってから気づいてふしぎだったのは、高校時代のぼくの友人には実に父親のいない子が、多かった。だいたいは男の子だったが、女の子にもいた。戦死や戦災死だった。そうなっていた。それは客観的に見て、父親のない子が多かったからだ、とはいえないだろう。もちろんすくなかったとはいえないけれども、ぼくたちが友人になるにあたっていない子同士の共感というものは働いていた、と見るべきである。

　そういうことはあったが、当時のぼくがもっとも意識していたことは、こうなったからには一刻も早く大人になって金をかせがなければならない、ということに集中していたように思う。

　たしかに父親の死などありふれていた。だが、当人にとっては、ありふれたことなどではない。

あとでふりかえると、少年期に父親に死なれたことが、たしかに大きくぼくの人生を変えている。当人が意識していたよりもはるかに、当人にとって大きな事件だった。そのことを年をとるにつれ、ますます深く感じている。

父親の死んだときの悲しみは、とても深かった。それは、ぼくの人生が父親をもっとも必要としたころの年齢であったことと、おかれた環境にあったからだと思う。ぼくは、徹底的につき放されていた。

ぼくは母親を愛していた。父親よりも愛していたかもしれない。彼女が死んだのは、ぼくが五十六歳のときだった。彼女は八十六歳だった。そしてそのときの悲しみは、父親の場合とはまるで質がちがっていた。それはぼくの人生がもうだいたいのところきまってしまっていたからである。ぼくは親を必要としなくなっていた。

この相違は、ぼくを驚かせたが、それはぼくの運命を握っていたものと、もはや握っていないものとの差である。ぼくの愛惜は、そんな現金なものなのだ。もし、いいつのるのを許してもらえるとしたら、人はおそらくそういうものであるのではないか。

敗戦時には六人で暮していた。日本の土を踏む前に祖母が死んで、四人で帰国した。十年後七十二歳で祖父が死んだ。十五年前に母親が死んだ。

ぼくは、兄と二人だけの引揚げ仲間をもつことになったが、その兄は二年前に死んだ。兄は自分が死ぬ前に、長男と妻をたて続けに失った。絵に描いたような立派な家庭だったが、それがあっというまに崩壊してしまい、ぼくは愕然とした。

兄とは、こどものころはよくケンカをした。かれはいじめ役であり、師であり、ライバルでもあった。年をとるにつれ仲良しになったが、これは今や二人だけが生き残りで共通の記憶をたしかめあうことができた、ということでもあったかもしれない。

晩年の兄は、信じられないほどおだやかでおちつきがあり、人はこれほど変るものかとおどろいた。

その兄も七十四歳で死んだので、ぼくはとうとう一人だけの引揚げ家族の生き残りである。そのぼくも祖父の死んだ年を越してしまった。ぼくが思い出さないと、もうだれも思い出してくれる人がいないので、折にふれて思い出ばなしを娘にしたりしている。

その三　災難の多い町のこと

予、ものの心を知れりしより、四十《よそぢ》あまりの春秋をおくれるあひだに、世の不思議を見る事、ややたびたびになりぬ。

去安元《いんじ》三年四月廿八日かとよ、風はげしく吹きて、静かならざりし夜、戌《いぬ》の時ばかり、都の東南《たつみ》より火出《い》で来て、西北《いぬゐ》に至る。はてには、朱雀門《しゆしやくもん》、大極殿《だいこくでん》、大学寮、民部省などまで移りて、一夜《ひとよ》のうちに塵灰《ちりはひ》となりにき。

ぼくの母親は静岡市の出身である。それで静岡市に引揚げ、戦後十年を静岡市の少年として育つことになった。

静岡が故郷だというと、それはいいところでうらやましい、といわれる。たしかに、何処で暮したいですか、というようなアンケートをとると、静岡県はいつも上位で、それも二位であったり三位であったりすることが多い。気候は温暖で、作物は充実しているし、太平洋ベルト地帯でもある。東海道五十三次でいちばん宿場が多い。

住んでいる人間たちは、いろいろと静岡の悪口をいう。やれ静岡人は、人はいいが煮え切らなくて出世が遅いとか、関東と中京のあいだの廊下みたいなところだから文化が育たないとか、いくらでも悪口のタネはある。ぼくの出身校も、先輩に聞いたところによると軍人で大将が出たことがないのだそうだ。

しかし静岡の人間もそういいながら、やはり住みやすいところだという気持はもっていて、けっこう地元を愛している。東京で静岡出身の人間に会うと、よろこんでいっしょに静岡をこきおろしている。

だが、こと静岡市に関していうと、ここはけっこういろいろな災難が多いところで、それを思うとただ住みよいとばかりはいっていられないのである。

静岡市の災難のいちばん古いぼくの記憶は、一九四〇年一月の大火である。当時ぼくは大連にいて学齢前のこどもをやっていた。静岡大火のニュースは、静岡市が母親の両親や親族がいる町だから深刻だった。ぼくは、母親といっしょにニュース映画や文化映画専門の文映館という映画館で、そのニュースを見た記憶がある。静岡の町は一面焼け野が原で、その熱で東海道線のレールが曲がってしまい、汽車が走れなくなったという場面をやっていた。それが映像としての静岡を初めて見た、ということになる。

その直後、理髪店の親父だった母方の祖父は六十になったので仕事をたたんで、大連の娘にめんどうを見てもらうためにはるばるやってきた。ぼくの父親はむっときただろうが、入婿になることと老後のめんどうみが結婚を許可する条件だったようだから、仕方がない。それが一九四〇年の五月のことだから、大火のときは店はどうなったのだろう。焼けたようなことはいっていなかったから、だいじょうぶだったのだろう。

もちろん火事の記憶はまだなまなましくて、やって来た祖父はことあるごとに大火のすさまじかったことを話した。なにしろ出火元が廏だったから町は馬のかたちに焼けた、というので、ぼくは神秘的なものを感じうなった。しかも強風が吹いていたので、消防のホースからほとばしるはずの水がめげてしまって、燃えている方にいかないで、そっぽにちびっちゃうのでどうしようもない。

駅前に当時としては堂々とした高層ビルの松坂屋があって、これは焼け残った。今残っている写真を見ると、松坂屋以外はほんとうにすっからかんにやられている。

それから、この町は一九四五年の六月に米軍の大空襲を受け、めちゃめちゃにやられた。もう戦争は決着がついているのに、やったのである。満洲と本土との連絡をとるデンワ一本なく当時は情報など皆無だから、ぼくたちは中国から引揚げてくるとき、博多に上陸してからそれを知った。引揚援護局にそなえつけの各都市の空襲被害図があって、それを見てきた母親が、がっかりして「どこもかも真っ赤に塗られている。姉さんのところもダメ」といった。姉を頼りにしていたのである。実際には伯母は生きていて元気に働いていたが、この瞬間我が家族には濃い暗雲が漂った。

五年置きに二度やられたので、この町はある意味では、モダニズムふうの、こざっぱりとした町になった。空襲にやられなかった京都が保っている歴史が、静岡には静岡なりにあったわけだが、その残っていたはずの重さが、きれいさっぱりと吹っ飛んでしまったからである。

とはいえ、空襲の爪あとはやはりまだなまなましくて、墜落したB29のつぶれた胴体やまがったまま地面に食い込んでいるプロペラなどを見るとすごい感じがした。

空襲はあくまでも空襲だが、それでも今はずいぶん変った。第二次世界大戦では、市街をやるとき、じゅうたん爆撃というすごいやりかたで軍事施設も民間もいっしょくた、一面焼夷弾をおとしたからたまったものではない。広島・長崎などその極とでもいうべきものでみなごろしだが、当時はそういうことは平気だった。今は〝芸術的〟とでもいったらいいような微妙な対象の選別をして敵をやっつけるようになったが、それでも民間人をまきぞえにした、という米軍への非難が中東でしばしば起る。しかしこれを進歩というべきか？

ぼくが大事に所持している一冊の写真集がある。それは、柳田芙美緒さんの『戦友』（講談社・一九八〇）という、静岡三四連隊の記録写真である。

静岡三四連隊というのは、なかなかたいへんな隊で、日露戦争のときは例の橘中佐に率いられて武勲をあげたというが、同時にそれはきついことでもあったということだろう。第二次世界大戦では中国戦線からガダルカナルに投入されて壊滅的打撃をうけ、遂にサイパンで全滅した。

柳田芙美緒さんはもとは詩人だったのだが、この時期この部隊つきの写真師になっていて、駿府城内部の兵営での兵たちの生活や訓練からはじまって、中国からスマトラまで来たところまでを写したものが残っている。柳田さんは民間人だからということもあってか、兵たち全員の個別写真をとったあと、その記録フィルムとともに日本へ返された。それで生き延びることができたのだが、とってきた兵たちの写真は全部遺影になってしまった、ということになる。その辺のこともふくめて、保阪正康さんの丁寧な解説がついているので、ぼくたちはいろいろなことを理解することができる。

ぼくは、駿府城のなかの、その三四連隊が駐屯した兵舎を改造した学校へ、五年間通っていた。静岡市立城内中学と静岡県立静岡高校（入学当時は静岡城内高校）である。三つの兵舎を両校が使っていたので、高校の新校舎が旧敷地にできる高校三年まで、ぼくは兵士たちが寝起きしていた空間にいたことになる。

だから当時の駿府城の内部についてぼくはとても詳しくて、この写真集の背景に出てくるものが、まるで確認できてしまう。兵舎のはじがどうなっていたかとか、歩哨の立っているコンクリートの縦長の小屋のなかがどんな感じだとか、わかってしまう。このなかをぼくはすみずみまで点検して歩いていることもだったのである。ただぼくが知らないのは、生きた兵たちである。

いちばんすごい写真は、戦没者の遺骨がいっせいに帰ってくる写真で、白い箱をかかえた兵の列が続く場面である。その前によろこび、笑い、緊張している汗くさい兵たちの写真が続いているだけにおそろしい。みんな死んだ。一列百五十、それが十八段になっている遺骨の巨大な祭壇の映像にいたり、極限に達する。このかれらが、あのぼくの校舎の空間のなかで、息をしたり、物を食ったりしていたのである。

そう思いながら、見覚えのある練兵場の地面の土の写真を見ていたりすると、やはりこの写真集は手放せないと思う。

たしか柳田芙美緒さんは、ぼくの父親の若いときの友人で、かつては芸術青年だったはずである。ぼくも戦後一度手紙をもらったことがある。

そういう青年が、戦後生き残ったときはどういう思いだっただろう。この写真集はどうしても出しておかなければならなかった仕事だったと思う。

ぼくは「荒地」派の戦後詩人だった木原孝一さんのことを思い出した。木原さんの本業は建築技師で、その仕事で要塞化した戦時中の硫黄島にいっていて、守備隊が米軍の猛攻撃のために玉砕する前に本土に引き返すことができた人だった。かれは、自分の意志ではなかったけれど、死をまぬがれることができたのである。そのことは、かれにはずっと重荷だった。

戦後ぼくの伯父は、静岡で火災保険会社の支店長代理をやっていた。熱海に大火があったときなど、どこそこの会社は危ないが、うちは磐石でダイジョウブだなどといっていた。それが終ってから、今度は自動車事故の損害補償の査定の仕事をしていた。かれも、災難とともに生きていたことになる。まだ小型トラックより三輪トラックが活躍していて、マツダなんか、そのメーカーとして発展した。三輪トラックは不安定でよく事故を起した。柔和な人物で、かれはぼくにとてもよくしてくれたから、今でも好きである。

戦後にも静岡市には災害がなかったわけではない。静岡駅前の地下街でガス爆発、なんていうとんでもない大事故があり、幾人かの人がなくなった。地下街だからガスは充満してしまうのでたいへんだった。このとき対応に出たガス会社の人物が高校のときのぼくの親友の大石司朗だった。ぼくは東京にいたからテレビでチョットその姿を見ただけだけれど、かれは冷静沈着にことにあたり、だれにもなっとくのいく対応をしたといわれている。その対応のよさが評価されたという。かれは高校生のときからなかなかの人物だったから、そのとおりだっただろう。かれは企業人として、その後もずっと信頼される仕事をして静岡ガスの社長、会長にもなった。

その四　生き残りかたのこと

いとあはれなる事も侍りき。さりがたき妻《め》・をとこ持ちたるものは、その思ひまさりて深きもの、必ず先立ちて死ぬ。その故は、わが身は次にして、人をいたはしく思ふあひだに、まれまれ得たる食ひ物をも、かれにゆづるによりてなり。されば、親子あるものは、定まれる事にて、親ぞ先立ちける。また、母の命尽きたるを知らずして、いとけなき子の、なほ乳《ち》を吸ひつつ臥《ふ》せるなどもありけり。

「だれが方舟に生き残るか」という問があって、これが容易ではない。人が人の運命をきめるなんて、同じ人同士である以上できるわけがないからだ。

一九六八年、ぼくは、つとめていた企業が倒産したとき、その小企業の中間管理職の末端にいた。その場は、まだ若かったぼくには分に過ぎたものだったが、とくに倒産の責任を問われる位置とは思われなかった。しかし、倒産すれば次に人員整理が必ずあるはずだ。

そのときぼくは、今の立場では人員整理を行う方にまわることになるだろうと予感した。そしてある日、上役の一人に「そろそろ、だれを残すか、考えなければならぬ時期かもしれないな」と苦痛のこもった声でいわれたとき、どきっとした。

まだ賃金水準も低い時代で、世の中にほうり出されたらどうなるか、考えるだけでも寒気がした。ぼくは、人をそんな目に遭わせる役割を演じるのは困る、と思った。

ぼくは、もともとサラリーマンが苦手で、自分に合っていない仕事だと考えていた。同僚との人間関係がつらいのである。いいやつとは楽しくやれるが、非協力的で攻撃的な、ちっともこっちを楽にしてくれない人間が、どの職場でも必ずいて、執拗に苦しめられるのがいやだった。小さな同じ職場にいると、逃げることができない。

あれはふしぎなことだが、どこの職場にいっても必ず一人はいるものだ。幾人か人間が集まると、そういう人間が生み出されてしまう、と思うと自然な気がした。

それやこれやで、サラリーマンがすっかりいやになっていたぼくは、いっそこの仕事を辞めてしまおうかと、実はひそかに考えていたところだった。辞めても、いっしょうけんめい働く気持があれば、この世は生きていけはしないか。甘いかもしれないが、組織のわくの外に出ているフリーライターで、じゃんじゃんこなしていけば、そのうち、かねて書きたいと思っていた小説を書いていけるようになるかもしれない。

そんなことを思っていたぼくは、この際、さっさとこの会社から降りてしまおう、と思った。再建にむかう会社には、残っていてもたいへんな仕事が残っているだけで、ぼくは、今までのように家に帰ってから詩や文章を書く余裕はとてももてないだろう。それは困る。

と、いうわけで、ぼくはさっさと会社から逃げ出したのである。

だから、ぼくは一応悩んでみたけれど、実際にだれかのクビを切るのがいやで逃げ出した、というわけではない。そしてこの企業はクビ切りはとうとうやらないですんだ。それぞれが見切りをつけて出ていく（まだ若い人が多かった）のを、老いた管財人はじっくり時間をかけて待っていたようだ。その賢さがよかったのである。ぼくは外の人間としてその経緯を見ていて、そこに老人の知恵ともいうべきものを見たような気がした。


しかし、ぼくには、「だれが方舟に残るか」を自らきめたことがある。それは一九九四年の一月十四日の夕刻、渋谷の駅頭でのことだった。ぼくは当時、あと半年弱で五十九歳になる五十八歳。その日は、ぼくの本『日本の昆虫』を担当してくれた女性と完成のお祝いの食事をする約束になっていた。その日ぼくは三浦半島の芦名（横須賀市）というところから出てきたのだが、なんとなく感じていた腹部の異和感が、しだいにはっきりとした形をとるようになり、渋谷に着いたころから迫力をもって肉体を責めてくるようになった。

これは、ただごとではない。脂汗を流しながら、ぼくは二年前に死んだ母親のことを思い出した。彼女は八十五歳で心筋梗塞で死んだのだが、そのためにぼくは心臓のための本を幾冊も読んでいた。

それらの教えるところによると、どうやら今のぼくは心筋梗塞を起しているのである。と、すれば、一刻を争う。

すでに、ぼくは失神の予感をおぼえていた。どういう経過をたどるかわからないけれども、確実に事態は悪化している。

ぼくはいつまでたってもこない女性編集者とのお祝いの食事の約束を放棄して(彼女はまちがったところに行っていた)、救急医療の窓口にとびこむことにした。しかし、渋谷駅前の雑踏は相当なもので、救急車の進入は無理だろう。それでぼくはタクシーを選択することにした。

ぼくはからだをうちがわに折り曲げるようにして這うように進んだ。やっとタクシー乗り場までくると、そこは長蛇の列である。いくら待たなければならないか、まるでわからない。

その瞬間、ぼくは列のいちばん前に立っている中年の男性のところへ行って、ためらうことなくいった。

「おれ、今、ものすごくぐあいがわるいんでこれから大いそぎで病院に行くところですからよろしくおねがいします」

すると、その男性は素直にいうことを聞いて一歩さがってくれたので、ぼくはタクシーに乗ることができた。

病気は予想通り、心筋梗塞だった。一ヶ所が詰まりかげんになっていたのだが、その他二ヶ所も八十パーセントとじていた。その晩はカテーテルで状態をしらべて、一ヶ所の閉塞しているところをバルーンでひらいてもらった。今は普通の治療になっているが、そのころは、けっこう大がかりな処置だった。

ぼくはそれから数ヶ月かけてバイパスの手術をやって成功した。五、六年生きられれば、と思って仕事の計画を立てなおしたが、まだ、生きている。

このエピソードを文章に書いたとき、友人知己たちから反応があった。その中心は、「人をおしのけるなんてよくそんなことをやったね」とか「さすが引揚者ならではだ」というようなもので、とにかく自分にはそんなことはできない、というニュアンスのこもった驚きだった。

それはもちろん、そうだろう。ぼくだって人のはなしとして聞けばそう反応するだろう。にもかかわらず、ぼくはためらうことなくタクシー乗り場のいちばん前へ行って、「自分こそはまずタクシーに乗って、生命を助かる権利がある」と主張したのである。そのとき、ぼくは、今まで自分がしたことのないことを決断し実行している、という意識をはっきりもっていた。ぼくは、だれのものよりも自分の生命を守ることの方に価値があると思い、行動したのである。それは、隠すことのできない事実である。

もうそれから二十年になる。

鴨長明は、飢饉と疫病のなかの人々のことにふれて、「さりがたき妻《め》・をとこ持ちたるものは、その思ひまさりて深きもの、必ず先立ちて死ぬ」と書いている。

タクシー待ちの先頭にわりこんだぼくにはきびしい言葉である。

そしてそれはともかく脇にやって文章を続けるが、日本の中世に人を愛するということをこうして実行しながら死んでいった人々が存在するということ、そのことに深い感動をおぼえている長明のすばらしさを思う。ぼくはこれに続く、仁和寺の僧が死者たちのひたいに梵語の阿という字を書いて供養して歩いたというくだりをもふくめて、いつ読んでも、日本人にこういう心の伝統があったのだと確認して感銘をおぼえている。

ぼくの父親は、戦後の中国の混乱期のさなかに疫病の発疹チフスにかかって、わずか二週間でなくなった。あれはヒューマニストだったかれの必然の行動だったと思う。そのときの母親の努力、苦労は今でもなまなましくおぼえている。

医療の状況も最悪のなかで、彼女はよくめんどうを見た。幼いぼくが、「お母さん、お金、だいじょうぶ?」と訊くと、彼女はとがめるような声で、

「墓場に金を積んだってしょうがないじゃないか」

といった。

父親を救うことはできなかったが、ぼくは育っていく過程のなかで、母親のうちに刻みつけられている父親のイメージで、幼い父親の記憶を補いながら生きることができた。母親はその後ほかの男たちともつきあったが、それは現実論としてしかたのないことだ。母親のなかの父親は死後数十年をへてもあせることなく生きていた。

また、引揚げてくる途中の錦西というところの救急病院で、ぼくは片足を膝のところで失った中年の男に出会った。

かれは、こどもが無蓋車から転落するのを救おうとして、自分が落ち、その結果、片足を切断することになったということだった。

その子が、その男のこどもであったのか、それとも他人のこどもであったかどうか、わからない。また、その子がたすかったのかどうかもわからない。男は僧侶だったような気もする。

ぼくは、その男の、むきだしになった膝の切断面を見た。はじめて、そんな膝を見た。まるくかためられていて、男は、そこを、しばしばいとおしげになぜていた。

夜中になると「おお、おお」という、うめき声が聞こえて来た。足が痛むのであった。ぼくはその声を聞きながらねいった。

その五　遷都について

また、治承四年水無月《みなづき》の比《ころ》、にはかに都遷《うつ》り侍りき。いと思ひの外なりし事なり。

おほかた、この京のはじめを聞ける事は、嵯峨《さが》の天皇の御時、都と定まりにけるより後《のち》、すでに四百余歳を経たり。ことなるゆゑなくて、たやすく改まるべくもあらねば、これを世の人安からず憂《うれ》へあへる、実《げ》にことわりにも過ぎたり。

ときどき日本の首都を代えよう、という、いわゆる遷都論が盛んになる。おもしろそうだ、では遷都が実現するのか、と思っていると、それほどの本気でもないようで、いまだに東京が首都である。

昔はともかく、遷都は、口でいうは易く、実行はたいへんだ。北朝鮮はおっかない声でソウルを〈火の海にしてやるぞ〉とおどかしたことがあった。ソウルはたしかに一旦緩急あれば、相当具合のわるい位置に在るが、だからといってそうかんたんに変えられるものではない。

日本の首都も、首都圏機能の全体と融合一体化しているわけで、それも日本人口の三分の一を占めんとしている巨大地域なのだ。いやそもそも、あの石原慎太郎さんが都知事をやっているかぎりそんなことは決して起るまいと思っていたが、かれが辞めて猪瀬さんになった。しかし遷都のはなしは消えたままである。

もちろんそれは、絶対にないよ、ということではない。たとえば一九六〇年、いかなる理由からかブラジルは首都をリオ・デ・ジャネイロからブラジリアに遷都した。標高千メートルもある高地に人工的につくりあげたもので、ぼくは映画『リオの男』でその市街を見ておどろいた。ガラスと鉄の近代的な建造物の群が、赤土色の風の吹きすさぶなかに立っていた。なんとも乱暴。意識的な遷都とは、こういうものなのか！

今のブラジリアがどうなっているのか、もちろんぼくは知らない。案外それぞれおりあいをつけて、今や独特の調和をかもしだしているのかもしれない。

今から四十年ほど前、国鉄（現ＪＲ）が洋光台から大船まで根岸線を敷いて、東海道線より海岸よりに横浜から大船へ通じる線路をもう一本並行してつくったことがあった。タヌキやウサギがいる緑の森や丘を強引につらぬいてつくられたこの線路は、それぞれを駅を中心にして、東京・横浜への通勤者のベッドタウンをつくっていった。このため神奈川県の人口は、すごいペースで急増していったと聞いている。今や大阪府をぬいてしまって東京に次ぐ巨大県である。

そのころのことだ。ぼくは友人に頼まれて、その駅のひとつ、港南台にある新設校、港南台高校の校歌をつくることになった。新しい駅には新しい町ができ、新しい高校ができるので、校歌も必要になる。

とりあえず学校へ行ってみよう。ぼくは大船から、はじめて根岸線に乗って港南台へ行った。降りると、そこに真新しい近代的な住宅のならぶ市街が整然とあった。古いものは何もなかった。しかしあちこちに地表をひきはがしたあとの赤土が無残な印象で見えた。

ここもブラジリアだ。タヌキやウサギのいる平和な自然をこわして、近代工業の力が町をつくった。首都圏で働く人たちを容れる場所がひろげられる。都市行政の理屈どおりのことが進行している。

進行はとまらない。それから横浜横須賀道路が、レインボーブリッジが、みなとみらい地区ができ、東京湾の横浜側は、巨大建設が続いている。それは非情ですごいとしかいいようがない。容赦はない。こんなことをしていたら復讐はうけるかもしれないけれど。できたばかりのはずの港南台の高校も少子化の影響をうけてやがて他校と合併した。当然ぼくの校歌は消えた。

ぼくが戦後はじめて出会った東京は一九四七年だった。ぼくたちは、下落合に住んでいる亡父の妹の家を訪問し、新宿の帝都座で『大平原』という、ジョエル・マクリー主演の西部劇を見た。入場料は十円だった。母親が買ってくれたこどもの安物の靴は一日保たないで裂けた。

町はまだ、焼け野が原だった。トタンや焼夷弾の錆びた空筒が、かたづけられないままにころがっていた。そのあれはてた野原のひろがりが東京である。木造の家はすべてやられ、あちこちに焼けたコンクリートの建物や金庫や水道栓などが残っていた。

今は、酔っぱらって寝ころぶ余地もないビル林立の東京である。その東京でぼくはときに仕事をしてから、車でレインボーブリッジをわたって、鎌倉へもどっていく。そういうときなど、今の自分の存在は現実なのだろうか、としばしば怪しみいぶかる。少年時代の雑誌に出ていた、高速道路のはりめぐらされた巨大未来都市の想像図。ぼくは今そのなかを通過している。あれから六十年。

あの東京の廃墟は、どこかへ行ってしまった。廃墟がひろがっていたのが、夢のようだ。本当に廃墟なんてあったのだろうか？　この現実的な巨大建造物も道も人間もどのようにして湧いてきて未来都市になったのだろう？　廃墟だったことなどすこしも知らない、ひしめきあって、さらに天空へむかって伸びていこうとするすさまじい利潤追求の力。

なるほど。ぼくの戦後は、たしかにいつも新しい製品と出会う日々でもあった。高校に入ったときには、旧校舎は焼失していたから、軍の古ぼけた兵営を利用したけれど、卒業するときは、もはやできたてピカピカの校舎だった。

上京してきたときは、戦前の住宅の書生部屋を借りた。だが結婚してからは、団地暮しにあこがれるようになった。住宅公団は次々に建物を建てたけれど、給料の安いものは入れない。それでも応募者は圧倒的に多い。落ちるのは当然である。こりないで幾十回となく応募して、〈落選〉というハンコを押したハガキをもらうのをくりかえした。すると当籤率が十倍という功労賞がもらえ、とうとう望みを達した。

それが、亀戸二丁目団地である。もちろんできたてのピカピカだった。家賃は二万四千円だった。ぼくは、失業していて高くなった家賃のことも大いに心配だったが、この大団地に入居できてキャッキャッとよろこんだ。わが団地には、高校同級生の味岡宏（かれはだれかの議員秘書をやっていた）や、詩友の鈴木志郎康（かれは驚異的な才能を発揮したいわゆる〈プアプア詩〉で大ブームをまき起していた！）が住んでいて、なかなか楽しかった。

しかし、2DK、十坪すこししかない団地は、当時としてはしかたのないサイズだったけれど、やはりどうしてもせまい。十年ほど暮してから、鎌倉は大船の高層団地へひっこすことになった。このときも完成の前に契約して建物の最初の住人となった。そして、ぼくはもう四十年、この団地に住んでいる。

戦後は何もなかったから、すべては新しいものになった。すくなくとも都市生活者はそうなっていたと思う。いずれも質はとてもよいというわけではなかったけれど、あくまでも新品。

それに生きていくということは、すくなくとも若いうちは、いつも新しいものや体験との出会いである。恋愛も、それぞれの当面の相手にとっては実際はともかく、当人同士にとっては、ともあれ新品である。そこで生まれてきてしまうこどもも人類最新のものだ。会社は新社宅を建てたがった。

さらにいえば、二十世紀の後半は、技術革新による新製品の登場の時代でもあった。洗濯機、冷蔵庫、カラーテレビ、ポケットベル、携帯電話、ワードプロセッサー、パソコン、スマートフォンなどなど……。

今や都市生活者は、新品ばかりにかこまれている。新しいものを使いこなさなければ現代人ではない。古いものはどこへ行った？　古いものへの愛着はどこへ行った？

ぼくは未来都市の想像図のなかを車で走りながら、一九四五年に大空襲下で焼き殺されていった大量の東京下町の人々のことを思う。今思えば理不尽な大量殺人だった。下町そだちの鈴木志郎康は、「このガードのところには死んだ連中の脂がしみこんでいて、ながいこととれなかった」といっていた。かれは逃げまどった下町の人々といっしょだったのだ。

しかし、今の亀戸を車窓から見るともうそういうことはわからない。実に美しい近代都市である。

かつてぼくが住むようになった亀戸は、緑のまったくない、背の低い木造家屋の海だった。秋葉原から千葉方向にむかって、そういう家並が続いている。するとそのさなかに、やがて豪華な三井記念病院ができた。下町にふさわしくない、近代建築のこの病院の建物が、灰色の平坦な町のなかにひときわそびえたっていた。この病院は、三井財閥系の会社の社員しか診てもらえないのだと、ぼくはうらやみ、誤解して思っていた。だが、その三井記念病院が、今や高層ビルの林立のなかに埋っていて、どこにあるかわからない。もちろん医療のレベルは高いところで二十世紀の終りごろ、ぼくはこの病院で心臓バイパスの手術を受けたけれど、そのときにはどこをどういったらいいのか、たどりつくのに苦労した。

ぼくが第二次世界大戦の終りを迎えたのは、旧満洲国の首都新京（現長春）である。新京という名前の通り、ここは一九三二年、満洲国の首都として定められた町だった。それまで満洲の中心都市といえば、清の奉天（現瀋陽）だった。奉天はあらあらしいけれど堂々たる風格のある都市だった。

ぼくは一九四五年五月から四六年の八月まで一年余、小学生としてこの新京に住むという体験をした。だが当時手もとにあった市街地図などを見ると、あちこちに予定地らしいしるしが記載されていた。まだ建設中だったのである。ぼくはそれをしっかりとは確認していないけれど、この都もまたついに完全にはできあがることなく、またほろび去っていった首都ではなかったか、と思う。もちろん、現在は長春として、東北の重要都市として大いに機能しているけれども。

その前の幼年期に住んでいた大連は、首都ではなかったけれど、ロシアが清から借りてつくった町だった。大連は不凍港である。十九世紀のロシアが不凍港が欲しくて南下政策をとったということは、よく知られている。

やっと手に入れたロシアは、この町を入手したときは有頂天だっただろう。多年の都市建設の理想を実現するときがきたのである。そしてかれらはみごとなヨーロッパ風の大都市をここに建設した。ロータリーのある放射状の道路とアカシアやレンギョウで飾られた美しい市街と港湾はまさに〈北海の真珠〉である。小学二年までこの都市に住んだぼくは心から愛している。

しかし不幸なことにこの町は、できあがるや否や、一九〇五年、日露戦争に勝利した日本の手に陥ることになってしまった。昭和になって渡ったこどものぼくは、こうしてこの町と出会うことになる。東洋とヨーロッパとロシアの融合。ぼくは、この町の魅力を今もってみずみずしい記憶として保つことができている。

戦後も、もう一九八〇年代の終り、ぼくは二度目の大連を訪ねたが、そのとき朽ちたロシア風の大きな装飾のある木造家屋が、はがされるように分解されてとりこわされていくのを目撃した。

かつては大連の象徴として有名だったヤマトホテル、あるいは市役所や銀行などがとりまいている大広場は、大連の中心だが、これは現存する。しかしこのごろの写真を見ると、それらの旧い建物の背後に林立する高層ビルが迫っている。日本との連絡口であった大連のシンボル、大連埠頭のエプロン型の入口階段も新しいイメージに変った。わが懐しの大連もまた、過去の歴史をふりすてて、新しい中国の重要機能を発揮する町になりつつある。人は渦巻いて流入し流出しているだろう。

その六　貧を生きるということ

もし、貧しくして、富める家の隣りに居《を》る者は、朝夕《あさゆふ》すぼき姿を恥ぢて、へつらひつつ出で入る。妻子・僮僕《どうぼく》のうらやめるさまを見るにも、福家《ふけ》の人のないがしろなるけしきを聞くにも、心、念々に動きて、時として安からず。

こどものころは、欲しいものばかりだった。男の子だから、やはり機械類にいちばん目がいく。ぼくは生物班の中学生だったから、自分が勝手にあつかえる顕微鏡がまず第一の夢だった。ぼくは五〇倍だけのポケットレンズをもっているだけ（それでもムラサキツユクサの気孔ぐらいは見えたけれど）だったが、友人がもっていたものは上下のレンズを組みあわせると最大六〇〇倍ぐらいまで拡大して対象を見ることができる本格的なやつだった。それは立派な、ＥＩＫＯＷと焼印の押された木箱に入っていて、そんなかんたんに買えるものではない。

一九五一年、高校に入ると上級生たちのあいだで、カメラが流行っていた。いっしょにどこかへ出かけると、かれらはぼくたち下級生も写してくれたが、そればかりではなく、ぬかりなく行きあった女子高生などを写してやって、送付先の住所をたずねたりしていた。なるほど、やるもんだ。これは大いに口惜しかった。

少年期のカメラの状況はまずは日光写真だが、おりから発展段階に入って来た業界の状態と対応していて、相当な活況を呈していた。ライカ、ローライフレックスといった古典的名品の権威はいささかもゆらぐことはなかったけれど、当時はもっと安価な新製品が売り出されていた。

たとえば高校生のあいだでもっとも人気があったのは、二眼レフのリコーフレックスである。ローライフレックスが二十万円もするのに、リコーレフは、一万円ちょっとで買うことができた。次にわれわれが注目し、震え、そして手にしたくてたまらなくなったのは、アサヒフレックスである。リコーレフは本当の像を写すレンズと、画面の様子や枠どりを指示するレンズが噛みあって連動している二眼レフだったが、これだと、実際の仕上りがファインダーでのぞいた画像よりわずかにずれる。

ところがアサヒフレックスは一眼レフだった。レンズは一枚で、測定と撮影を巧みにきりかえることができるので、のぞいて見た画像と仕上りは完全に一致した。これは当時の画期的な発明で、それはその後ペンタックスとして発展し、一眼レフ全盛時代を呼ぶことになった。ダイレクトに枠がわかるということは今のデジタルカメラでもいっそう徹底して使われていて、そのために今や撮影者は、対象を見ないで、カメラ裏面の画面の映像だけを見ながら撮すので、カッコがわるくなった。

それはともかく、アサヒフレックスは三万五千円ぐらいの高価な発売価格だったと記憶する。われわれは、このカメラの画期的な意義を充分みとめながら、「これじゃあ手も出ねえ」といって溜息をついた。ぼくも「うん、出ねえ」といったが、なあに、ぼくの場合は、アサヒフレックスはおろか、一万円のリコーフレックスだってもちろん高嶺の花だった。当時の一万円は、ふつうの若い月給取りの一ヶ月の給料に相当する。高校生のぼくの手なんぞにおえるものでは到底ない。

ぼくの少年時代は欲しいものは数限りなくあり、みなそれを手に入れたかったが、庶民にはまずかなえられなかった。その満たされない欲望が、戦後日本経済発展の内的原動力である。みんな、いろいろ華やかな文化的な商品を買い入れて、みじめな生活を豊かによそおいたかった。エイコーの顕微鏡とリコーフレックスは、今もぼくのなかで光輝いている。

それが当時の状況だが、今やカメラはそれどころではない。フィルムは完全に時代おくれで、磁気録画にとってかわり、しかも動画でとれるような機能もついた。先日、ぼくはある会合に出席できないので、ヴィデオレターというものをとってもらって上映してもらったが、ふつうのカメラで音声もいっしょにとれたので、おどろいた。

貧しさに追いかけられた人生が、ぼくの人生である。それがどこからはじまっているのかは判然としない。父親は、今の静岡県牧之原市の小地主の子というが、かれが中学生のころすでに家は倒産していて、かれは大学へ行くことはできなかった。同級生のはなしだとワセダの文科へ行きたがっていた、ということだ。父親が東京専門学校（早大の前身）の出身だったからか。詩人志望だったかれは理髪店の娘をひきぬいていっしょに東京へ行き、赤貧のなかで、ぼくたちこどもをせっせとつくった。

わが存在に気づいたのは中国でのことだが、そのときも父親は給料本俸百五十七円の零細なサラリーマンだった。やがて日本が敗け、その地で父親も死んだので、ぼくたちは何ももたずに日本へもどってきた。

無一物の母子家庭の家族が、戦後の壊滅的な日本社会に参入したとき、編入されるのは、いうまでもなくもっとも経済的に恵まれない階層である。ぼくの母親の戦後の職業の出発は、料亭の女中だった。住みこみだったから、ぼくたち兄弟は、二人で部屋を借り、そこでスイトンなどをつくって食べ、悪ガキが交尾している犬のつがいに石をぶっつけたりするのをながめていた。

そういうぼくにとっては他人の生活はすべてうらやましかったが、とくに輝かしく思われたのはハリウッド映画に出てくるアメリカの市民生活である。当時の雑誌に訳載されていたチック・ヤングの漫画『ブロンディ』も強烈だった。夫のダッグウッドがひろげた両腕にのっけてもってくる大量のサンドイッチの豪華さ。それをいっしょに食べる、ナイティ姿の妖艶な妻のブロンディの夢のような姿。これぞ、アメリカ文明の極と思ったものだ。

清貧という言葉があるが、ぼくにはその意味がわからない。それはどこかに自分のものにやがてなる財産とか実家がしっかりしているとか、そういう人のいうことではあるまいか。どこからの助けもない孤立した貧乏はきつい。貧乏とは、どこもかしこも不快なもので、人間をひがませ、いじけさせるロクなものではない。

少年時代、ぼくは保守系の政治家を憎悪していた。神田博という厚生大臣までなった政治家が故郷にいたけれど、かれの家の前までいくと、実に堂々たる門がそびえたっていた。ぼくはいまだに神田博がどんな人物であったかを知らないが、それだけでもうかれを憎んでいた。あんな門をもつやつが、ぼくのことを考えて政治をしてくれるわけがない、と思ったからである。

あるいは、自分の家のちょうど前のところまでの道路を舗装した、という地方議員の噂を聞くと、真偽もたしかめずに激怒した。社会党の議員で詩人だった男が愛人をかこっている、と聞いたときも社会主義者にそんなやつがなっているのは許せない落選しろ、と思った。

なんて理不尽な、と今は思う。みんな人間なのに。

貧しいということを、大人も終るころまでずっとやってきて、ぼくは、それが生まれたときから身体にしみついていることをますます不愉快に思うようになった。人間の育ちというものは、その人間を一生とらえて放さない。

ぼくは後年、できあいの安マンションを月賦で買って暮すことになるが、それがいちばん現実的で経済的で身のほどに合っていると思っていたからである。ぼくは自分の好みの土地を買って、自分の好みの建築家に家を設計してもらい、それにいろいろ注文をつけながら自分にふさわしい家を建てる、などということにあこがれるどころか、恐怖を感じる。そんなことをしたら、いくら金がかかるかわからない。

そういうぼくには、好みの家の設計図を自分でひいて、特別の資材をつかったり、庭園をデザインしたり、ということを楽しみつつやがてそれをみごとに実現する、なんていう人は、うらやましいというより、口惜しいというよりない。ぼくは、ぜったいにそういう楽しみにはあずかれないのである。

ぼくの母親は、お中元やお歳暮で、ちょっといいものをもらうと、それを自分の家で消費するということをせずに、必ず他家へのお中元・お歳暮としてまわした。なんという貧乏性。ほんとうに貧乏だったのだけれど。いいものを入手できても、それは決して家のものにはならなかった。

今のぼくには高級ブランドの製品に対する欲求はない。そういうものは、自分のような卑小なものが使うのにふさわしくないからだ。自分は、引揚者の、生活保護をうけている母子家庭の子である。欲望は育ついとまもなくつぶされてしまった。

少年時代に、顕微鏡やカメラやまともな腕時計などがとうとう買えなかった。ということが、買うことを禁止すらしているようでもある。今なら、ローライフレックスやライカを買えないわけではない。しかし、あれは少年期に買って使って、もっとも輝かしいものだ。いい年をしたぼくが、今、それを買ってもっても、それで何がとりかえせるというのか。それに今は機能的にはもっとすぐれたカメラが出てしまっている。そういう口惜しさも先に立つ。

ぼくはこのあいだどうしても買わなくてはならなくなって、デジタルカメラをひとつ買ったが、そのときも普及型の安いものですませた。もっとも、このカメラが、なかなかな代物であることに気づいておどろいたけれど。

今の若者たちは、外食券食堂でみじめに味噌汁を飲んだことはないだろう。今、格差社会などということがいわれていて、ジニ係数がどうのこうのと学者はいっている。たしかにバブル崩壊以降、日本経済は、極度に自由な資本主義体制へと基軸を転換した。ぼくにはとぼしいがみんなにはある欲望が社会に活力をあたえているということはあろうが、それがまた、人々にさまざまな負の影響をあたえていることもたしかだろう。が、だからといって、戦前、戦後の日本社会の貧しさとは、まったくちがう経済水準の上に今やあることにまちがいはない。

三十代、四十代のぼくの書いている小説では、電気洗濯機一台出現させるにも、ていねいに筆を費やさなくてはならなかった。それは当然人生における一大出来事であり、ドラマだったからである。

しかし今の若い作家の小説では、携帯電話、パソコンに至るまで、ものがたりのはじめから存在していて当然なのである。かれらは、ぼくのようなこだわりをもたない視野で、さらさらとものとつきあっている。ぼくにはそれはうらやましいかぎりだが、ちょっとさびしいような気もする。

その七　政治なるもののこと

伝へ聞く、いにしへの賢《かしこ》き御世には、あはれみを以て国を治め給ふ。すなはち、殿に茅《かや》ふきて、その軒をだにととのへず、煙の乏《とも》しきを見給ふ時は、限りある貢物《みつぎもの》をさへゆるされき。これ、民を恵み世を助け給ふによりてなり。今の世のありさま、昔になぞらへて知りぬべし。

人生にはいろいろおっかないものがあってぼくはそれに困りながら生きてきた。おっかないものは、すばらしいものとしばしば背中あわせになっていて、たとえば女性などというものは、もちろんもちろんである。

政治というものも、代表的なそのひとつであって、ぼくは少年時代にちょっと周辺をうろついたが、たちまちおそろしくなって逃げ出した。

しかし政治というやつは、そう簡単に逃がしてくれない。たとえ国会議員にならなくても、市会議員にならなくても、政治なるものはついてまわる。ぼくはそれがおそろしいから、尻に帆かけて逃げまくる人生をやってきた。今もやっているつもりでいる。しかしうまくいっているとは、とても思われない。

では政治など犬に喰われてしまえばいいと思っているかといえば、まったくそういうことはない。政治がなくてはならないのは、女性がなくてはならないようなもので、この世界はなりたたない。

政治が崩壊してしまった世界に出会ったことがあった。それは一九四五年八月のことで、ぼくが住んでいた日本の植民地国家である満洲国は、日ソ中立条約を無視して侵攻してきたソ連軍によって、あっというまに崩れ去った。ソ満国境は関東軍の精鋭が固く守っていると信じていたのに（そんなものはとうにみんな移動になっていて、カラッポだった）、ソ連軍の驚異的な侵攻スピードを見ると、まったく抵抗している気配が感じられず、やがて首都新京（現長春）にあった関東軍の司令部が、もっとへんぴな場所に移った、というニュースがはいってきたときの空虚感は忘れられない。

ぼくのいた新京までソ連軍が来ないうちに終戦になったから、ぼくは今生きていられた。戦争状態のままかれらが突入してきたら、とてもとてもである。

関東軍も満洲国軍も警察も崩壊した、という一瞬の空白がまずあり、それはすぐにソ連軍の軍政にひきつがれた。ということが一応はいえるのかもしれないが、住民としては、そういう実感は、殆どなかった。植民者としての日本人に対しては、あちこちで中国民衆の暴動が起った。とくに警察関係など、きびしい取締りをしていた権力側の日本人は復讐をうけることがあった、と聞いている。日ごろ人間らしいつきあいをしていた日本人が助けられた、というはなしも聞くところで、中国の民衆の心根のやさしさもいいそえておかなければならないけれども、そこではつまるところ、やられたものはそれまでだった。それは暴動や復讐ということだけでなく、あの状態のなかでは中国の民衆自身だって状況はまったく同じだった。だれにとってもアナーキーな状態だったのである。やられたものはやられ損、盗られたものは盗られ損で、殺されたものは殺され損で、それをどうとかできる上からの力は消えてしまっていた。

ソ連軍が入ってきて軍政を敷いたといっても、そもそもこれがひどい軍隊だった。強盗をやる連中はゴソゴソいて、どこの家もやられた。自動小銃の連射でドアの鍵をぶっこわして侵入してくることもあったし、なかには、トラックをもってきてみんな運んでいった(とくに女性兵士は目ざとくてすごかった)というおどろくべき話も聞いた。ぼくの家はそもそも何もなかったから大したことはなかったけれども。

強姦ももちろんあったので、用心深い女性たちは男装した。丸坊主のなよなよした青年があちこちにいておや、と思っていると女性なのだった。そういうものを取締るソ連軍の警察はあったけれども、実質的には殆ど機能していないように思われた。夜中になると、いつまでも拳銃や自動小銃の発射音が、ムチでひっぱたいたときのような音でひびき、ぼくたちをおびやかした。そして朝になると屍体がころがっていることも珍らしくなかった。あれはやはり無政府状態か、それ以下だったように思う。

ソ連軍はひどい連中だったが、そもそもかれらはベルリン総攻撃の生き残りで、やっと故郷に帰れると思っていたら、満洲戦線につっこまれた。やっと生き残ったと思ったらまた戦争である。かれらがあれるのも今となっては仕方がない、とも思う。

ぼくたちは、何者によっても守られていなかった。それまでの満洲国は偽国家にちがいはなかったが、それでも、一応の治安の機能は果していた。そして植民者である日本人はもちろん、中国の民衆よりもその恩恵をより多く受けていた。

ぼくはあのときのことを思い出すと、政治というものは、どんなものでもないよりはましだと思う。しかし、同時にアウシュヴィッツやカンボジアの大量虐殺もまた政治がひきおこしたものだと思うと、そう簡単にもいえない。ぼくはいつも政治のことになると、こうしたアンビヴァレンスに陥るのである。

日本の政治があえいでいる戦争直後、ぼくはそうした貧しい引揚者の子であったから、今の政治にはあまり助けてもらえていないと感じた。そして助けてくれるのは、共産主義しかないと考えるようになった。貧民にとっては、当然のことながら日本共産党の主張するところがもっとも納得できたからである。これからの日本の政治は、共産主義か社会主義によって行われねばならない。

そう考えたのは、ぼくだけではない。ぼくの周囲にいた高校の仲間や若い人たちも、多くがそう考えていた。有資産者の子弟もすくなくなかった。それはおそらく父親の世代のやってきたことへの反発でもあったろう。それは戦後の現実が生みだした戦前・戦中の命令的強制に対する反動的な動きだったといってもいい。

ぼくは、そういうなかにいたわけだが、しかしそれではうまく自分をつらぬくことができなかった。そのひとつは、戦後の中国でのソ連軍の粗暴なふるまいを思い出してしまうせいである。あれが社会主義のお手本となるべき国のすることとは、とても思われなかった。

さらにソ連は、日本軍の兵士を大量に拉致して、シベリアでの強制労働に服させた。労働者、農民のための国であるなら、日本の民衆である兵士をそんな奴隷的なかたちで扱うのはとてもおかしい。

　ぼくがそういう疑問を口にすると、人々は「ソビエトは建設中の国家なのだから、その未来の可能性を見るべきで、現状だけで共産主義を批判するのは誤っている」といった。

　そういうものか、と説得されかかっていた幼いぼくだったが、しかし、ソ連を中心とする共産党・労働者党の国際的指導機関であるコミンフォルムが、「日本共産党の平和革命路線は誤っている。暴力革命しかないのだ」という批判をしたときに、パニックに陥った。ぼくは共産主義の考えが正しいと思い、その運動に参加したいと思っていたが、そうすると、ぼくは火焔ビンを警察にむかって投げるという、いわばテロリズムの行為に参加しなければならない、というコースに必然的に乗ることになる。

　ぼくは目的のためには手段を選ばない、という考え方は採れなかった。それでは、ぼくはめちゃくちゃになってしまう。

　ぼくはいまだに共産主義の基本的な考え方は人類にとって必要だ、と思っている。しかしぼくは十六歳にして、その政治的現実的実現の路をいくことができなくなり、挫折・脱落してしまったのである。そしてそのぼくは、挫折したことを当然だと思いながら、それ以来一方で脱落してしまった自分に対してうしろめたい思いを拭い去ることができない。

それは何も共産主義や社会主義の政治のあり方だけに抱いている気持ではない。ぼくはそれからもいろいろな政治を体験し、また過去の政治を振り返ることもあった。そしていつも政治はおそろしく、わたくしごときが手を触れるべきものではないと思うのである。政治はまともに考える人間にとってはコントロール不能と思わざるを得ない側面をもっている、と思っている。

仁徳天皇は、自分が民衆にとってよき政治を行ったために「民のかまどはにぎはひにけり」と古歌にあるように自らに満足した。長明もそれをすばらしいこととして賞揚した。ぼくも、基本的に政治家はいつの時代も、国家・国民のためになる政治を行おうという善き志をもってきた人々であることを、まずは信じる。

ぼくのようなものでも、タマには生きている政治家に出会うことがあるが、そういうとき、いつも人間的に温い、よき人々だとかれらのことを感じる。政治などというものに志をもつ人々は、本質的によき人なのだとぼくは最近ますます思うようになっている。ジャーナリズムは、政治家みんなを悪の権化のようにいい、おもしろ半分にからかう。かれらはそれを、甘んじて受け入れながら、その志をなんとか実現しようとしている。

しかし、現実にはどうか。そのことについて、今ここでくだくだしく述べる必要はないと思うけれど、かれらはこと志に反することも、どんどん行わなければならない。現実政治がそれを要求するからである。とんでもない事態になってその力に対していかんともしがたいことも起る。

多分、それは現実政治が、人間の高い心の上にだけあるのではなく、人間の弱い心、低い心ともつきあわなければなりたたないからではないか、と思う。民主主義の政治はもちろん、これまでのどのような体制の国家の政治であれ、この事実の奴隷にならないですんできたとは思われない。その力学が、ときにはとんでもない結果を招来する。

そして、政治家にとって、自分がどのような政治家として機能することになるかは、まさにルーレットが定める運命のようなものではないか、と思う。みんな仁政を敷きたいと思っていても、権力にたどりつくまでにもう、それを裏切るたいへんなことをしなければならない。

そしてやっとたどりついたとしても、只今の場がその政治家に対して微笑んでくれるかどうかは、また別問題である。天下の大悪人になってしまうことだって、しばしばなのである。

しかし、政治に志す人間は次々に現われてくるだろう。かれらにとっても多分政治はおそろしいものだろうが、それでもなおそれにもまして大いに魅力的で、情熱を傾けないではすまないものなのである。

その八　居住空間について

その家のありさま、よのつねにも似ず。広さはわづかに方丈、高さは七尺がうちなり。所を思ひさだめざるがゆゑに、地を占めて作らず。

敗戦直後の、つまり少年時代のぼくがはじめて出会った東京・新宿の印象は、とにかく人が多いということだった。夜ともなれば、ウィークデイでも日曜日でも、町はぎっしり人で埋まっていた。人の密な流れが、ゆっくりと動いていく。かれらは何をしに新宿へきたのかわからないが、とにかく今はぼくと同じように、ひたすらこの流れにしたがって、万一にもころんだりしないでそうっと動いていくしかない。

「新宿の雑沓のなかで、自分の頭が、その上に出ているか、下にもぐっているか、というのは深刻な哲学的な問題だ」

と教室でニコリともしないでいったのは、ぼくの大学時代の哲学の教授、樫山欽四郎先生だった。これはドッとうけた。というのは、先生は活気あふれる魅力的な人物だったが、どちらかといえば小柄な方だったからである。ぼくも、酷薄にもいっしょになって笑ったが、そうはいっても自分もまた群衆の頭の下にもぐる方だから、その意見には痛烈なリアリティをおぼえていた。先生もあの新宿の群衆の大河の中をもぐりつつ移動しながら、いつも口惜しい思いをかみしめ、おのれの世界観をたしかめ、深めていらしたのだ。

たまたま新宿を例に出したが、敗戦直後の大都会の盛り場は、とにかくどこもいつもすごい人出だった。これがさらにクリスマスともなれば、キャバレーは、派手に飾りたててポンポン紙吹雪を散らし、ジングルベルをがなりたてる。咥えこまれた酔っぱらったおじさんたちは、やがてあわれにもサンタクロースの帽子などかぶらされ、指にマーガリン製のおもちかえり用の安物デコレーション・ケーキの箱をひっかけながらヨロヨロと出てくる。そこへお見送りのキャバレーの女の子たちがからみついている、という構図だった。闇でもうけている連中などは店が終ってから、さらにお店の女の子たちを車で次々と送りとどけるために走りまわったりして、金力を誇示してよろこんでいた。

あの喧噪ぶりについては今や懐しいということができるけれども、それもこれも、おそらくは当時の東京の住宅事情があまりに悲惨だったから、みんなとても家になんかいられたものではなかったせいである。

東京は空襲のために見渡すかぎり焼け野が原になっていて、多くの木造の住宅は失われていた。あちこちにトタンでかこったバラック小屋が、焼け野が原のひろがるなかにポツンポツンと立っていた。それが戦後の首都のスタートの情景である。

しかし首都は首都だから、その機能を果すためには人を集め、働いてもらわなければならない。壊滅状態の企業も大いそぎで立ち直らなければならないし、茫然自失から我にかえった学生たちも大学を目指して続々と上京してくる。

というわけで、空襲をまぬがれて無事残った数すくない住宅は、どこもはちきれそうになっていた。人を収容できる建物があれば、たちまちそこには幾家族もが参入して来て共同生活になった。六畳一間に五人ぐらし、とか玄関の間である二畳にも夫婦ものが、なんていうことだって珍らしいわけではなかった。プライバシーもへったくれもない。それでものちの団塊の世代にあたる赤ちゃんたちは、たくましく生まれ続けたのだから、それがどうやって可能だったかわからないけれど、日本人はタフだったなあと感心している。

ぼくの兄は一九五一年に、法政大学の文学部に通うために上京した。そのときようやくにして借りることができた部屋は、新宿区下落合という品がいい住宅地ではあったが、そこはなんと一畳の部屋だった。もともとは風呂場の脱衣場だったのだが、家主がここでもいいのなら、といってくれたので、すかさず入りこんだのである。しかし、こいつは相当にきびしい。

「どうかね、住み心地は」

と、ぼくがちょっと意地わるく訊くと、かれは力なくうなだれてみせながらこう答えた。

「方丈記なんておまえ、大広間だあ」

一畳では蒲団をしきっぱなしにすると、それでいっぱいである。かれは風呂場を流れる水音を聞きながら一心に勉強し、洗濯機（もうあった！　今は亡き攪拌式だった）と枕を並べて眠った。

いくらなんでも、これではたまらない。やがてかれは、そこを出て、九段の学生会館なるものに移った。ここはもと兵舎で、それが上京してきた学生たちのために開放されたものだから、部屋の構造は兵士たちの居住条件をそのまま受け継いでいた。一つの部屋には共同で使われる場とそれぞれの私的空間があるが、その私的空間は、カイコ棚になっていて、一人分は、一畳よりは幅も長さもやや大きめだったけれども、形としては一畳間がやや進化発達した、というほどのものだった。かれは一畳間からなかなかのがれられなかったということになる。

兄貴は坐机を前に置き、アルミカップの電気スタンドで本やノートを照しながら、一心に勉強した。背後に万年床になっている蒲団があった。二階にも同じような坐机と万年床があり、やはり学生が一人すわっていた。

かつての国鉄の三等寝台より広く、二等寝台ぐらいだったか。江戸時代の長屋なんていうものも、マッチ箱みたいなものだったようだから、日本人の庶民は、昔からこれぐらいの空間で生きることにさしたる苦痛はなかったのかもしれない。

ぼくは、高校生のとき、兄貴のその「部屋」に泊めてもらったことがある。ぼくたちはたがいちがいになって寝たが、そのぐらいの余裕はあった。

食事は食堂へ行った。ぼくはそこの粗末なラーメンをずいぶん食べた。食べても食べても腹がへっていた。一食分といっても決して充分なものではなかった。顔色のわるい学生たちがだまって食べていた。

ぼくも東京の私大へ進学したのだが、それは兄貴と入れちがいの一九五五年のことで、それから四年後のことになる。多少は住宅事情はよくなっていたかもしれない。それでも、学生は、最小単位である三畳間を借りようとするのが普通だったし、ぼくも三畳間で家賃二千円で知人の家に入れてもらった。しばらくはそこにいたのだが、就職した兄貴がフンパツして国立に一軒家を借りたので、そこへ合流した。これは荒野に立っている、というようなもので、家は六畳と三畳と板の間の三畳からなり、空間としては豪華といえたが、すきま風がスウスウ入ってくるようなあらっぽいつくりだった。ぼくは、その押入れの床をやぶって、暗やみのなかからまっしろい竹がぬっと姿を現わしたときのおどろきを忘れることができない。われらは自然にとりかこまれている！　とぼくはコシをぬかしたが、しかし、あれはなかなかいい家だった。

兄貴はやがて出ていき、そのあとに女が一人やってきて住みついた。それが妻である。女がいると少しやわらいだ雰囲気になった。

学生たちはみんな下宿では苦労した。学生時代のぼくはなかなか親切な人間でもあったので、夏季休暇のあいだ帰省している友人たちのために新しい部屋をさがしてやったりしたこともあったが、他人が住むとなると、家賃の安さのことしか考えないので、あとで「えっ」というようなこともあった。実はふすま一枚向うの隣室にはその家の未婚の娘さんが寝ているのだ、というような報告を受けて、思わず息をのんだこともある。なさけないことに、何事も起らなかったようであるけれども。

あるときは、「おまえが見つけた部屋には窓がなかった」といわれて、ひっくりかえっておどろいた。窓がないって！　そういえばそうだ！

そこは広い板の間の一部に仕切りをつくって部屋にしたものだった。冷静に反省すれば、そのようにたしかに見えてくる。ぼくは「こんなに安い部屋なら」と思っただけだったのだけれども。

結婚してからも、家の問題では苦しめられた。荒野の家も、その一つだったがどういうわけか、借りたところから、じきに追い立てを食うのである。三度ぐらいあった。給料では月のうちの半分しか食べられない状態だったから、ヒーヒーしながらアルバイトをしたが、家はやっぱり安い家賃のところを渡り歩くことになった。

とにかく東京の家賃は、若い者にとって異常に高いのである。賃金水準がひくすぎたともいえるけれども。

マッチ箱みたいな貸家群のなかに入りこんだこともある。そのときぼくの借りた長屋は、四畳半と三畳、家賃一万円だった。ぼくの給料は一万八千円である。路地と三十センチほどへだてた隣りは、二畳と三畳の長屋だった。中年の飲み屋の女性が住んでいた。あけ方近くになると、彼女は酔っぱらって帰ってくるが、ときには男性を同伴してくることもあって、そういうときには、朝っぱらからかれらの愛の交歓がそのまま伝わってくる。

これは愉快でもあったが、「おまえら、それにしてもすこしは控え目にしたらどうかね」という気分のときもあった。二畳・三畳 VS 三畳・四畳半という構図が、なんともこっけいで、もちろん今は心から楽しくそのことを思い出すことができる。ぼくたちはそんな暮しをしていて、可哀そうで可愛らしかった。

日本人は、部屋にすわっているのを基本とするから、外国人ほど広い生活空間はいらないのかもしれない。ぼくは長明が、狭い方丈の間でおちついた日々を送ろうとしているさまを読むと、ぼく自身もとてもフィットするものを感じる。

それは、必ずしもぼくの暮してきた生活空間の現実のせいではないのかもしれない。たしかな空間にすわって身を置くこと。その空間は決して広大なものである必要はない。

しかし、とはいえ、長明はうんと大きな邸宅から、だんだん居住空間をせまくしていって、とうとうこの方丈の間にたどりついたらしい。だから、この縮小過程は、逆に実は拡大人生をつねに望んでいたことになったぼくには相当に口惜しい。長明は、心の導くままに生きてきて、この空間にたどりついた。ぼくは、生まれおちたときから零細空間生活者で、ここには主体的な選択など働くわけもなかった。

そして、ぼくは、そういう、いわば押しつけられた空間にすっかりなじんでいる。それも事実なのだ。まあ、これはひがんでいっているのだが。

ぼくの記憶のずっと古いあたりに、大連のアパートがある。小一ぐらいの少年だった。それはコンクリート四階だての堂々たるアパートで、ぼくらはその一階に住んでいた。八畳・六畳・キッチン・ゴエモン風呂という広さである。

この建物にはしっかりとした屋上があった。その屋上は奥さんたちには洗濯ものの干し場だが、こどもたちにはかっこうの遊び場で、ぼくたちはそこから地上へむかって紙飛行機を飛ばしたり、翼をもつカエデの種子を落して回転の美しさに痺れたりしていた。

あるとき、その屋上に何故か沢山の畳が捨てられていた。古い畳だから、あちこち破れているようなものである。しかし、ぼくたちはさっそくそれをカードのお城のように組みたてたちまち小さな小屋をつくりあげた。

そこを基地にして冒険遊びがはじまり、やがて遊び終えてみんな帰った。ぼくも帰った。しかし、なぜかぼくは、一人だけで、もう一回すいつけられるように屋上へもどっていった。

今度はだれもいない。ぼくはその畳のお城に一人で入った。

そのときの戦慄ともいえる感覚を今もなおおぼえている。古い匂い。仄暗くてせまく、懐しい空間。少年のぼくはそこに今も一人で目をとじてじっとしゃがんでいる。

その九　風景について

春は藤波を見る。紫雲《しうん》のごとくして、西方ににほふ。夏は郭公《ほととぎす》を聞く。語らふごとに、死出の山路を契《ちぎ》る。秋はひぐらしの声、耳に満てり。うつせみの世をかなしむほど聞こゆ。冬は雪をあはれぶ。積り消ゆるさま、罪障にたとへつべし。

高校三年生のとき、難しい大学を受けて落ちた。「おまえに受かるわけないよ、な」と自分にいいきかせながらの受験だった。実際そのとおりだった。

「ほら、やっぱり落ちた」

知らせを聞いて、まずぼくはそう思った。正当と思われる努力をしたってむくわれるかどうかはわからない。ぼくはとても気の多い少年だったからいろいろいそがしく、そもそもろくな準備もしていなかった。

だから、落ちたってどうってことはない。よしよし。予定どおりだ。これから浪人してはりきってがんばるぞ。

で、ぼくは他大学の受験機会を見送った。たちまち四月がすぎ、五月になった。すると妙なことが起った。それは今年の新緑がとても美しいということである。

ぼくはそもそも木や花を見るのが好きである。だから新緑はいつも好ましい季節の到来だった。しかし、この年はすこし様子がちがった。新緑はあまりに異常と思われるほどに美しく、自然はどこまでもいとおしいものとしてせまってくる。そしてぼくはその魅力にがんじがらめになって甘美に酔うばかりでのがれることができない。いやこんなに新緑というものはすばらしいものだったのか。

気がつくと、ぼくは涙まで流しているのだった。ぼくは泣かない人間ではないが、この涙の出方はすこし変である。

やがて恍惚感とともに不安感もあらわれた。まずぼくは外に出たくなくなった。

人ごみに入ると動悸がはげしくなるようになった。暗くて密閉された映画館が、とくにいけない。緊張する場面の展開ともなると心臓がこわれはしないか、失神しはしまいか、と思うほどはげしくなって苦しかった。こんな過敏な状態になったことはない。ぼくはなんだかヘンテコなことになっているらしいのである。

ほっておくわけにもいかず、医師のもとへ行ってみた。医師に症状を訴えると、かれはぼくをあおむけに寝かせて、いきなり両方の眼球を強く押した。ぼくはアッとおどろいてもがいた。

それは当時の（もしかしたら今でも）診断法だった。アッシュネル氏の反応とかいった。それで患者の状態がわかるのである。で、わかったらしくぼくは心臓神経症という診断をもらい、ブロム剤の処方を受けた。

まだトランキライザーなどない時代である。ブロム剤などというものも効いている気配はまるでなかった。あれは気休め程度の薬であろう。当時はそんな薬しかなかった。

風景はますます妖しく、ぼくはひたすらおろおろするばかりで、とても受験勉強どころではない。ぼくはさっさと次期受験の成功をあきらめた。ぼくはそういう乱暴な修業にはとても耐えられない。

まあ、なんといっても戦争直後の十八歳の青春である。混乱や困難は山のようにあり、今思いかえせば、当時のぼくにも負荷のかかることは、受験以外にもいろいろなことがあった。それらの帰結だ、といえなくはないかもしれないが、そのときはただおのれの変調と風景の異常にあわて、おどろき、あわてるばかりだった。

そして、今ふりかえってみると、ぼくはけっこうな甘ちゃんだった。「落ちるにきまっているよ」といいながらも、もしかしたら、それは他人には当然あり得ないこととしても、自分だけには神さまが味方をしてくれて、「ヨシヨシ」と望みをかなえてくださるのではないか、と考えていたのである。

受験勉強はそもそもコツコツやれるかどうかということなのだ。やれるやつは合格する。やれないやつは落ちるのだ。これは手痛い教訓で、ぼくはここでこのことを思い知ったために、そののちの人生をなんとか生き延びてこられたのかもしれない。

話のついでにそのあとのことを書いておくと、三ヶ月ほどで症状は軽くなった。が、その気配はずっと続いていて、再発、再再発が小さな形で起った。

おさまったのは結婚してこどもができたころである。とてもそんなことをしてはいられない、という段階が来たからかもしれない。しかしキレイに消え失せてもとの自分にもどったとはいえず、潜在する属性として、ずっと現在まで所有し続けているようすである。頻脈は、今の医師も「これは昔からあるんだね」という。

風景の方は、というと、これは症状が軽快するにつれてしだいに鮮度を失い、やがていつのまにか、通常にもどっていった。

あの異様な新緑の輝きは何だったのか。ぼくはときどき思い出しては、その感触を味わっていた。それは常ならぬ世界の現前であり、ぼくはそれをおそれあやぶみ、同時にその魅力にからめとられていた。二度とああいう状態に陥りたくない、と思いながら、そのすばらしさだけはちょっとだけなら反芻して、ひたってみてもいいのではないか、という心境である。

そしてぼくはそれから先の五、六年の自分の生きていた状況を、あとで思い返すと、これはかなり危機的な時期だったのではないか、とも思う。当人はただ生きたいだけで、いっしょうけんめいだったのだけれども、あれはそうとう危ないところを歩いていたのだったのではないか。

ところではなしはとぶが、四十歳近くなったころ、ぼくは小説を書くようになっていた。が、同時に少年時代に果せなかったことをしたくなってもいた。

ぼくの少年時代は、戦争にめちゃくちゃにやられていて、したかったことはみんなだめになっていたからである。したかったことは今でなければできない。人生がここまできてしまった以上、もう大半の意味がなくなっているであろうけれども、このままで見送ってしまうのもちょっと残念だ。

それは自分が給料生活者でなくなったから、時空的に自由になった、ということでもある。ぼくがまずとりもどしたかったのは、好きな音楽とレコードをじゃんじゃん買って聞く、ということと、昆虫を眺めたりさわったりしたいということとだった。

レコードのことはともかくとして、昆虫のはなしを続けよう。自由な時間を得たぼく（それは同時に餓死の自由でもあるが）は、そのとき住んでいた東京の下町を散歩したりすることができるようになった。そうすると、当時はまだあったあちこちの空地の雑草原に入りこむことも自由である。

ぼくはそこでベニシジミが舞っていたり、テントウムシの幼虫が怪異な姿でとまっているのを見たりした。都会の只中といえ、昆虫は活動している。団地の八階のわが家に、セスジツユムシが舞いこんできたりする。そういうものは、それまでもぼくのまわりにいた。しかし、会社へ行くことで必死になっていたぼくには見えなかった。家と駅のあいだは通過する道にすぎなかった。しかしそこにも生命たちはいきいきと動きまわっていたのである。

身のまわりにいる生きもの。ぼくの場合それはやや昆虫を中心にしてということになるが、いったいどのような生きものとぼくらは共棲しているのか。

それを感じとれるようになると、ぼくの生活の場を感じる力が変るかもしれない。

ぼくはそんなことを思いながら東京をあちこち眺めながら歩いていた。そして昆虫とつきあっていると、もちろん、あのあこがれのカメラが欲しくなる。なにしろ、ことは一瞬にして起り消えてしまう。本当にそんなチョウがいて産卵していたのか。そんなことを人に確信をもっていえるように、目撃したことは確実な記憶にしておきたい。写真にとろう。そうすればのこされた映像が証拠ということになる。その場そのものでなくても記憶の確実さをサポートする。

それでカメラを入手することになった。それも標準の五五ミリではなく、マクロ・レンズがふさわしい。

ぼくはもっとも安価だったペンタックスの一〇〇ミリのマクロ・レンズを買った。このレンズで被写体をとらえると、そこに別世界が現出する。ぼけている視野にピントをあわせていくと、写されるべきチョウやトンボが次第にはっきりとしてくる。すると背景が焦点を失ってぼけてくる。チョウやトンボはますます細部まではっきりと見え、しかも肢や吸蜜の管やトンボのあごなどはいきいきと動いているのである。そのときファインダーのなかは一匹のチョウやトンボと、それを目撃する自分だけしかいない世界になる。これはすばらしい世界だ！

「あなた、こんなすごいものをわたしに内緒で一人で見て楽しんでいたのね」

そう叫んだのは、ある日、このカメラで一輪の花を覗いた妻だった。それは、それほどみごとで秘めやかな排他的な世界だったからだと思う。

昆虫や花を写すのに適しているマクロ・レンズでなくても、カメラのファインダーは魔性に満ちている。槍ヶ岳のせまい頂上で集合写真をとる際に、全員をフレームに入れようとして下りすぎ、とうとう滑落したカメラマンの話は有名である。かれにはフレームに全員を入れる作画のことだけが在り、背後の崖は存在しなかった。

チョウやトンボは、そこにいただけで、変ったことをしたわけではない。問題は見るものの側にある。カメラで覗いた世界には永遠の匂いがただよっている。ぼくは自分が今だれで、どこにいるのかもどうでもよくなったりしているようだ。

鎌倉市の市民税を払うようになってもう四十年になる。四季の移り変りを楽しむためにこの古都を訪れる人々は多いが、風景そのものを楽しんでいるのは、若い恋人たちではなく、もはや定年を過ぎていると思われる男女である。若い恋人たちは、自分たちがドラマの主人公であり、風景は書きわりにすぎない。

そういう人々の姿を見ていると、ぼくは十八歳のとき、自分が風景から剝れおちていたのだと気づいた。こどものころ、そして若者であるころ、自分が風景に融けこんでいるから、風景を対象として見ることはない。風景がその輝かしい姿を現わすとき、人は何らかの意味で風景から剝れおちている。だから風景が見えるのである。

この文章を書いている今年の紅葉は、寒さの急激な来襲もあったからか、とても美しかった。年一年、風景がより美しく見え、この世界のすばらしさを感じて生きている。それは、ぼくがそれほど遠くない未来にこの世を去る、という気持のあらわれだろう。

その十　密室で気楽にすることについて

もし、念仏ものうく、読経《どきやう》まめならぬ時は、みづから休み、みづからおこたる。さまたぐる人もなく、また、恥づべき人もなし。ことさらに無言《むごん》をせざれども、独り居《を》れば、口業《くごふ》を修めつべし。必ず禁戒を守るとしもなくとも、境界《きやうがい》なければ、何につけてか破《やぶ》らん。

長明は庵で、一人暮しの勝手な自由を楽しんでいた。気がのらなかったら、お念仏もてきとうにとなえたということらしい。なんとも人間らしい。ぼくは思わずニコニコしてしまった。

いっぽうぼくは、浄土宗とはかかわりがない、いわば信心のない人間なので、お念仏をとなえることはできない。心をこめてとなえ続けたら、どんな気持になるのか、それはそれで相当な心の世界がひらけてくると思うのだが、それをまだやったことはない。

浪人していたころ、息ぬきに奈良・京都をまわった。奈良の片田舎のだれ一人いない、小さな古寺などにいまだに忘れられない感銘があった。今となっては懐しい思い出だが、そういった記憶のなかに「百万遍」という京都の市電の停留場の名があった。

百万遍というのは、お念仏を百万遍となえるという行をする知恩寺のことだという。百万遍とはいつまでも熱心にお念仏をとなえるということのシンボル的表現であろうが、そういうことをしていると、本当にどんな世界がひらけてくるのか。

しかし、人はいつまでも必死の形相というわけにはいかなくて、お念仏に飽きて上の空になることもある。一人でいたりすれば、だれも叱るものもいない。そうなると、口先でいくらとなえ続けても、うまくいくまい。いくらありがたいことでも。

三十代のはじめのころ、編集者をしていた。ぼくはロシア文学者の長老、中村白葉さんのお宅に出入りした。そのころの中村さんは世田谷の桜新町に大きな邸宅をもっていて、長いこと暮していた。お庭にはみごとに変化する大輪のアジサイが群生していた。平和であかるい池もあった。功なった学者にふさわしいいいお庭だと思った。

そのお庭にのぞむ位置に、中村さんの仕事部屋があった。当時日本で最高だった八杉貞利の『岩波ロシア語辞典』の拡大判が、がっちりした書見台に固定化されていた。なるほど、中村さんともなると、見やすい辞典を特注でつくったりすることもできるのだ。

中村さんは温顔でやさしい大御所で、いつも若僧のぼくをやさしくあつかってくださった。命じられている仕事は、トルストイ全集の最終配本の二、三冊分の訳稿をすこしずついただくことだった。

「いやあ、あかるいお庭ですね」

とぼくがいうと、白葉さんは、うん、とうなずいていった。

「この庭には勇気づけられているな。仕事がすっかりいやになったときには、この池のほとりにしゃがんでいるんだ」

「えっ」

ぼくはおどろいていった。

「先生でも、お仕事がいやになることなんてあるんですか」

「そりゃ、ある」

「そんな、信じられません」

そもそもロシア文学には、トルストイやドストエフスキーをはじめえらく長い小説が多い。ロシア語は学んでいる人もすくなくまだちゃんとした翻訳ができる人はすくなかったから、日本のロシア文学紹介の草わけ的存在の中村白葉さんや米川正夫さんは、ものすごい量の翻訳をしなければならなかった。かれらはたゆまず、来る日も来る日も机の前にすわって、厖大な原稿用紙を埋め続けてきたのである。

そういう白葉さんは、若いぼくには不屈の勤勉なる巨人であった。かれがそういうことをできたのはいつも日本のロシア文学の読者のためにと思い、文学への熱情をもやしていたからだ。

当時三十そこそこだったぼくは、いっしょうけんめいにやろうと思っても続かず、気づくと怠けている。またがんばるが怠けてしまう。それがいわばクセになっていた。それはまずぼくの性情の問題であるだろうが、若く未熟なせいもあって、しっかりとおのれの目標が定まり、その分野で仕事をしていくことに馴れて、習熟しさえすれば、おのずと解決するはずだ、と思いこんでいた。

しかし、そうかんたんには問屋がおろさない。怠けごころはいつもパッチリと目をあけていて、ぼくが呼びかけてくれることを待っている。おそらくよほど変りものでないかぎり、人間はチャンスがあれば怠けたいと思っている。はたらくということは辛い。白葉先生だってウンザリすることがあるんだ。

文筆業を開店していると、いろいろなことが起る。気楽に書けるものや興味のもてるものなら、筆もスラスラ進むものだ。でもいつだってそういうわけにはいってくれない。

どうしてもやる気分になれない仕事もずいぶんある。そういうときは、ただひたすら時間が無為にすぎていく。それがわかっているのに、手をつける気がどうしてもしない。こんなに時間を空費していると、やがて収拾がつかなくなる事態がくると思いながら仕事をしない、というのは、実はなかなかいい気持である。

自分はどんどん不義理へむかって破綻していきつつある。それをちょっと冷やかな目付きで見ながら、知ったことないや、と思っている。あとでしっぺ返しを喰らうのも甘美な期待と化していく。

いつでもしたい仕事ばかりではないから、これは仕方がない。だが、どうしてもしなければならない仕事が、その大事さの故に進まない、ということもある。自分を追いつめていっているつもりでも、何も前に進まず、解決の糸口すらみつからない、というときには、パニックに陥る。あと四十八時間でデッドラインがくる、こりゃあもうダメだな、と思うときも、かなり悲惨な気分に陥っていながら、どこかから一すじの香煙のように甘美な感覚も流れてきて恍惚となってくる。もうダメだ、と思いこんでから、ほんとうにダメになることは当然だが、ごくまれには締切り当日になってとつぜん天の一角が黄金に輝いて、書き出しから結びの言葉まですべてが見えてしまう、ということもないではない。

そういうときは、白熱化した豆粒のような隕石と化して書きとばして「おう、すべりこんだ」とおどろくが、あれは何だろう、それまでグダグダしていたつもりで、本当にグダグダしていたのではなかったのか。そのあいだにかくも崇高な構想をひそかに練っていたのか。うーん。えらい。

終るとチャーンとまたもとの腑ぬけにもどっているけれど。

ただ、何も積極的なことをしたくなくて、一日中、雑誌を読んだり新聞を読んだりして遊んで過ごす日はとても多い。

そういうときはだれにも、たとえ相手がひそかにお気に入りの女性であっても会いたくなく、拙作の重版を報らせる吉報の電話でも、出るのもおっくうである。仔猫が紙つぶてでひたすら一人あそびをしているようなもので、実は人生でこういう日が至福のときなのかもしれない。

世の中には、集団をあつかうのがうまく、いつも状況のなかでもっとも適切なことを全体にとって望ましい結果にむかって導いてくれる、すばらしい人物がいる。そういう人のことをぼくはいつも感嘆し尊敬している。

でもぼくは、そういう人間が、密室の部屋にもどって一人になったとき、どういうことになっているのかが、すこし気になる。かれは、そのときも確信にみちたやさしい、しかし外部に対しては油断なくかまえる態度を身につけたままでいるのかしら。

いや、多分かれもまた、ワイシャツのネクタイをひきちぎるように外して、ステテコひとつになって、

「あー、まいった」

なんていって、冷えたビールやウーロン茶を飲んだりするだろうが、それからかれはどうなるのだろうか。かれは社会における自己という責任と義務の仮面を外して、まだ稚さの消えていない素顔をさらすことで休息したり、グラビアの水着の美女の曲線に見ほれたり、指でちょっとさわったりしているのだろうか。仔猫が紙つぶてで遊び続けるように、自らの自然をいやしてやるために、するべきことをしているのだろうか。

ぼくは、かれがふだん見るかれとは似ても似つかないものになっていることを願うし、また事実そうなっているだろう、と思う。自分一人の空間で自分勝手にふるまう、ということは、つまり自分を意識しない自分になっていること、である。そういう時間はだれにとってもなければならないものである。

大勢のいる社会と一人の密室のあいだに、男と女という二人の段階もあると思う。男と女の関係というものは、たとえば男が公的な姿のままではなく密室に一人で入ったときにどういうものになるか、ということの予感を漂わせていないとうまくないような気がする。完璧な政治執行者であっても、一人になったときの姿が、相手の異性にとって好ましいものかどうか（もちろん二人だけの密室の場合は、あるいはそれ以上かもしれないが）、許容できるものであるかどうか、ということを相手が感じとって成立した恋愛の方が、はるかにうまくいくだろうと思う。

男と女の二人だけの関係には個と社会、大人とこども、欲望と愛着というあい容れがたいものがなければならない。そして成立していなければならない。それは文化以前の人間の自然な姿である。

目下のぼくは、もっぱら一人あそびの仔猫の世界でだらけていて幸福である。一日中、モーツァルトのいたずら小僧のような旋律が頭につきまとっているのを、よろこんで楽しんでいる。これがお念仏のようなものかもしれない。あとは――ゆっくりと体を休めている。

しかし、いったん電話が鳴りだすとたいへんんだ。ぼくはそれまでどんな顔をしていたかわからないが、またまったくちがう顔になって、受話器をとる。もしそれが原稿組み上りの返信ファックスだったりすると、また顔つきがすこしだけ変っているはずである。

その十一　友達について

夫《それ》、人の友とあるものは、富めるをたふとみ、ねむごろなるを先とす。必ずしも、なさけあると、すなほなるとをば愛せず。只《ただ》、絲竹《しちく》・花月を友とせんにはしかじ。

ぼくは高校生のころ、実にいろいろな友人をつくっていた。貧乏でおもしろいことは外にしかなかったし、それをぬきにしても好奇心の強い子だったと思う。自分が知らないようなことをしている子や変った子に興味をもつと、近づいていって友達になりたがった。別に友人が欲しかった、という意識の下に行っていたわけではないが、気づくとそうしていた。

最近のこどもたちの行動を教えてくれる本を読んだりすると、今の少年たちは閉鎖的であるのがふつうのようだ。とくに女の子は、排他のトライアングルなどをつくって、その仲間が外の子とつきあったりすると「裏切ったわね」というようなことをいって、いじめたりするという。

しかし、ぼくの少年時代をふりかえってみても、そういう気配があったとは思われない。当時は社会も人間関係もこわれていた。もちろんいじめは、とくに中学時代には相当なものがあったけれども、よってたかって、というようなことはなかった。まわりのものは気の毒がって、かかわりになりたくないのでそっと見ているという感じだった。

高校では自由勝手、きままに交友を結んでも、だれも怒ったり、なじったりすることはなかった。そのときのぼくは実は他流試合をしていたのかもしれない。信義にもとづく友情の絆のようなものではなかったからかもしれない。昔の旧制高校生などは親友の同級生から「貴様、おれの妹をもらってくれんか」などといわれたり、また本当に結婚してしまったりしたこともけっこうあったようだが、幸か不幸かそういう深刻な気持の通いあうような一対一のつきあいはなかった。

しかしいずれにしても、そういう少年時代を送ることができてよかった、と今のぼくは思っている。ぼくは異質の人間に出会い、そのたびに自分を意識することができて、それなりの人間形成ができた、と思うからだ。ぼくは、それによってひらかれていたのだ。濃淡はあってもおそらく青春のつきあいとは、つまるところそういうものだろう、とも思う。

ぼくがもち得なくて、瞠目する人と人とのつきあいは、第二次世界大戦で戦い、生きのこった兵士たちのあいだのものである。あの戦友会たちの強い連帯の感情は、おたがいにおたがいを守りあい、ともに敵を倒すことで、自分たちの生命の最後の一線を守りぬいたということであろう。そのとき、かれらは相手の戦友の赤裸々な姿を見てしまったはずだし、同時にその戦友がつまるところ最後まで仲間の信義に生きたやつだった、ということの証拠も見てしまったはずである。かれらはおたがいにぎりぎりのところで体を張った。

戦争だから、当然殺されてしまった仲間もたくさんいたことだろう。死んでしまった仲間には、生き残った仲間よりも立派な人間も数多くいただろう。運命共同体としてのかれらのあいだには、そうした死者たちもまたのがれようもなくはいりこんでくるにちがいない。

これほどの深度ではないが、やはり強い絆を感じるのは、運動部の先輩後輩だろう。それはおそらく個人競技よりも団体競技の方がより強くて、たとえば肉体あいうつラグビーなどは、とくにそうではあるまいかと思う。

ぼくがラグビーをはじめて見たのは大連で、小学校に上るか上らないか、というころのことだったが、その試合後、ヒゲぼうぼうのおじさん選手たちがとつぜん手放しでワァワァ泣き出したのには、びっくりした。父親の解説では、それはいつやっても負けてばかりの高専のチームが、久しぶりに勝つことができたので、そのあまりのよろこびのせいだったということだった。今思えば、あれは旅順工大と南満工専の学生同士の定期戦でそれなら、あれはおじさんたちなんぞではなく、紅顔の美少年たちだったはずだが、ヒゲだらけで泥まみれのおじさんたちが赤ん坊のように応援団の前で泣きじゃくっていた、としか、どうしても思い出せない。

ぼくが青年になってから、ラグビーは体を直接ぶつけあってプレーをするから、その昂奮状態のために人間は実にたやすく泣けるようになる、ということを教えられた。泣くまいとしても、どんどん涙の方が出てくる、というのである。また、実によくラグビーの選手は泣くのである。

スポーツの勝負というのも、原始的な精神の励起なしにはすまないだろう。肉体は危機を告げるはずである。生の運命のかかっている状況をともにへたとき、人はもっとも純粋な意味での友情を味わうことができるのではあるまいか。

そういうふうに考えてみると、今、文明社会において人と人を結びつける絆がとても弱くなっている。おそらくは有史以来、もっとも弱くなっているのは当然かもしれない。

それは、一人一人の個人の力というものが、生の場においてずっと後方にさがってしまったということであろう。文明社会は、個人個人がおのれの力をじかにあわせて危機をのりこえる、ということではとても支えきれないからである。人を支えるのは現代社会の構造であり体制である。

たとえば、現代の人間生活においてとても大きな役割を演じているのは、会社である。とくに大企業は、雇用した人間の配偶者とその家族の生活まで安定的に保障する賃金を支払ってくれる。力ある会社に所属すれば、より多額の賃金を受けられるだけでなく、その社会的な位置からもさまざまなメリットを受けることができる。具体的な個人をたよるより、豊穣をもたらしてくれる、よりよき利益共同体に参加すること。一流大学を目指して受験勉強をする子の方を、同好会で活動する子より親がよろこぶのは当然である。

いうまでもなく会社は利益をあげる、という視点から人を選択してあつめる。そうなると絶対につきあいたくない、いやなやつともいっしょに、摩擦をさけようとしながらも、仲良しをよそおいながらも一緒に仕事をしなければならない。おそらく人生において家で家族とともにいる時間よりも、そういう不快な人間といっしょにいる時間の方が長いのである。

ここではどうしても、たとえ擬似的であることが見え見えであってもそしらぬ顔をして友好関係をつくらなければならない。そのためになるべくその人間のこともわかる気持になろうとして、「いや、あいつにもあれはあれで、なかなかいいところがある」などと自分にいいきかせたりはしないだろうか。そういう心理的トリックを自らにかけた方が実は気持が楽だから、そう思っているのではあるまいか。そして会社での人間関係というものは、ぼくは五、六年の体験しかないから、その範囲でいうのだが、大なり小なりそういう自己欺瞞的なところもあるのではあるまいか。

そして休日のゴルフまでそういう組織のなかにつかまっていると、それはそれで自分は孤独ではない、と感じて生きることもできるのではないか。

しかし制度は制度であり、保険は保険である。現代社会は、上から救済する網をかぶせてはあるけれども、もちろん個々の人間は、たとえ大企業にいようともその網の目からしばしばこぼれおちる。だから多くの男たちは、定年を迎えて会社社会から剝離すると、たちまち孤独になる。組織への依存度が強いものほど擬制の装置にからめとられているからそのダメージは大きい。それにそのときはもはや人生の拡大期ではないので、新たに魅力的な友人をつくり出すことは、とてもむずかしい。

社会的な保障で人は救えない。しかし、戦後の日本社会が経済的に立ち直り、発展をとげていく過程でぼくたちが見たのは、人は経済的余裕（それに空間的余裕は正比例しているが）を得るごとに引きこもりがちになっていく傾向だった。

戦乱の時期や困窮の時期に、人は自ら群れ集い、たがいをたすけあい、はげましあって生きていた。それが、いつのまにかみな身をひくようにしていなくなっていき、気づくと盛り場の休日は閑散としていた。

友人の家を訪ねることも減っていて、ぼくなどもう自分から他家へ上りこむようなことをしなくなって、どのくらいたつかわからない。人は生活のためや生殖のためには、外界へ出ていかざるを得ないが、本来は孤立して、穴にもぐっていることの方を好んでいるのか。パソコン、スマートフォン、ゲームなど一人あそびの道具もますます増えている。

ぼくの場合はこんな具合だった。三十なかばに会社をやめてしまったときは、正直いってとても寂しかった。とくに通勤定期券をもっていないことが、心細かった。ぼくはその意識を恥しいと思いながら、どうすることもできなかった。しかし、じきに二十四時間で区切られる生活から離脱していることが快くなっていった。ぼくはもう世間の人のようながまんのつきあいをしながら生きなくてもいい、自分の運命だけを考えて生きていけばいいという気持に慣れてきたら、だんだんまわりがちがって見えてきた。

それはおそろしい世界に足をふみ入れたということであるが、全力を尽せば生きられるだろうと思った。もし、全力を尽して駄目なら、それでも後悔しない。だって後悔する理由がない。

友達は、二十代のなかばから、どんどん減っていった。ぼくには友人をもち続けるための徳がないのだ。そのことをつらく思いながら、同時にもしかしたらぼくの友人たちも、今や、みんな現世のなかでなんらかの形で散乱していっているのかもしれない、と感じていた。それがこの時代に大人になり年老いていく、ということなのか、とも思っていた。

その十二　山の端の気分について

そもそも、一期《いちご》の月影かたぶきて、余算の山の端《は》に近し。たちまちに、三途《さんづ》の闇にむかはんとす。何のわざをかかこたむとする。仏の教へ給ふおもむきは、事にふれて執心なかれとなり。今、草庵を愛するも、閑寂《かんせき》に着《ぢやく》するも、障《さは》りなるべし。

外地育ちのせいか、神社仏閣というものに充分親しめないでいる。日本へ帰ってきてからヘンな気がしたのはお祭りだった。しめこみ姿もいさましくおみこしを担いでみんながエッサエッサと大騒ぎをしているときに、ぼくはなぜかしらけてしまってどうしても中にとけこんでいけない。とても楽しいものとされていて、実際すこぶる楽しそうに見えるのだが、気づくと、自分は外にはみだしてしまっている。

そういう気持がいまだに消せないでいる。それはおそらく、祭りというものが地域共同体のもので、他所者を締めだす性格をもっているからではないか。その土地にいる者には幼いころからの楽しい記憶があって、祭りは懐しく親しいものとなるのだろうし、それは、地域の祭りへの気持から日本全体の祭りにまでひろがり及んでいく気持なのではないか。

しかしぼくは、幼年期の祭りの記憶をまったくもたない。スカンピンの引揚者として戦後の日本で、はじめて祭りに出会ったのである。

仏さまの方についても、同じようなことがいえそうだ。ぼくのいた中国には、仏さまは日本よりも先に居ついていたはずだが、ぼくらは必ずしもそういう意識にはなっていなかった。当時の日本人植民者たちは、おそらく外地にお墓をつくろうとは思っていなかったと思う。なくなる者がいると、機会を見て、お骨を日本へもちかえり、先祖さまがいらっしゃるお墓におさめた、と聞いている。

ぼくの家族でなくなったのは、父と祖母だが、母親は夫を土葬の墓から発掘して火葬に付してもちかえった。祖母も帰国途中の死だったが、これも火葬に付してもちかえった。中国に置いてきたお墓はない。

少年期の中国の野や山には土まんじゅうと呼ばれる中国人の墓があちこちにあったが、ちがう風俗文化というふうに感じていた。中国人はお葬式が派手で、金のあるものは生きているうちから自分の立派な棺を買っておく。それを部屋に飾っておいている者もいるという。葬式の当日には、泣き女という泣き専門の職業女性たちをやとう。泣きわめいて馬車からこぼれおちかねない、そういう女性たちで葬列を飾る。これは、見た。なかなか壮烈なものでビックリしたおぼえがある。

そういう風習がどこからきたのか、それが道教やチベット仏教と関わりがあるのかどうか、ぼくは知らない。今となってはその記憶の方に懐しさを感じなくもないけれど、やはりエキゾティックなものだった。

ぼくは、満洲の小学校で「大日本は神国なり」、という戦時中の皇国主義の教育をうけているけれども、具体的にはわが国の神仏から隔離された空間で育った。中国の日本人植民者の子というのは、日本の近代が人工的に発明した諸装置のなかで息をしていたのかもしれない。

中学三年のときの修学旅行で奈良・京都を訪ねたとき、仏さまたちは正直いっておっかなかった。薄闇のなかにいらっしゃるお姿は、たとえガイドに優美とあるものでも相当気味がわるかったし、まして肉体美の威容を誇る方々には、異国の巨人の迫力とエロチシズムを感じてあとずさった。ありがたいどころではなかった。

ぼくがかれらに興味を抱けるようになったのは、それから四年後大学をすべった浪人中に奈良・京都の古寺を再びまわったときだった。それも得ていた知識を実感したいと思ったからである。つまり意識的に理解したいという気持にうながされたものだった。

そういうぼくは、いまだに自分が神さまにも仏さまにも充分親しめないでいる。興味はもち、機会があれば学ぼうとするが、身心をおまかせする、という気持になれないのである。それで、ぼくは鎌倉に住んでいるのに、新年に鶴岡八幡宮におまいりに行ったこともなく、願いごとをしたこともない。

なぜなら、ぼくには神さまを信じるという気持をもてないでいるのに、小銭のお賽銭ぐらいで何かいいことをとくに自分にお願いするなんて、あまりに自分中心で、ずうずうしすぎると思うからである。そうでしょう。そうじゃありませんか。

仏さまだって似たようなものである。ぼくは、宗教のなかでは仏教がいちばん性に合っているし、そのうちでも禅宗の心がまえがいいような気がしているけれども、だからといって自分が仏教徒になり得ているとは思っていない。ぼくは、時と場所で仏教徒になりすますけれども、僧侶には尊敬の念をもっているけれどもそのとき一種うしろめたい気持を抱くことからのがれることはできない。しかし他の宗教では、なりすますことすらもできないことも事実である。

五十八歳のとき、心筋梗塞の発作をくらった、ということは以前にも書いた。そのときはじめて、自分の人生が決定的な段階にきたというショックを受け、わが命運ここに尽きるか、と観念したけれど、そのとき、さて、自分はこれからどうするつもりなのであるか、とわが身を思った。今まで信心ということができなかった自分は、このままいくと無信心のままこの世から消え去ることになる。

まあ、そういうことですか、とぼくは思った。これまでお祈りもしないで、信心ももたないで生きてきた人間は、これから先も見捨てられているよりない。今さら泣きついて何かをお願いできるわけがない。

そしてぼくはそれから実際に大きな手術をうけるまでのあいだに変化することはなかった。変れもしなかった。正直なもんだと思った。ぼくは無明のままほろんでいくよりない。

それから、ありがたいことに二十年を生き永らえることができた。その現在のぼくにとっても、その立場はすこしも変らないものである。

だが、死ぬことになるかもしれない、と思ったそのとき、ひとつの変化があった。それは持続していくものへの関心である。自分は消え失せるが、ぼくのまわりにあるものは持続する。

たとえば、病室の窓から朝と夕方だけに見えることがあった富士の存在である。静岡出身のぼくには富士は見なれたものであり、美しい山である。しかしまわりの連中が讃美したりすると恥しかった。

富士は美しいなんてきまっていて反対できない。みんなサクラとフジは大昔から美しいのだ。おめでたいというので、社長室などによく掛けてある富士の絵は、ちょっと具合がわるかった。

しかし、手術前の病室の窓からはるかに望んだ富士は、打ってかわってありがたい存在となっていた。ぼくなど死んでホコリになっても、富士はそれからまだ、かなり保つであろう。ぼくは永続へむかうものへおのれを托す気持になっていたのかもしれない。

しかし、深甚なるショックは、すぐその次にやってきた。たまたま病院の売店で買った新聞に彗星があと数ヶ月後に木星に衝突する、という予告記事が出ていたからである。

シューメーカー・レヴィー第九彗星というのがその名前であるが、これはすでに木星の巨大な重力によってバラバラに分裂していた。その破片が一九九四年の七月に、木星に次々に衝突する、というのである（そして本当にチャーンと衝突した）。

木星は巨大だから、そのひとつひとつを呑みこんでしまうだろうが、そのうちのひとつでも地球にぶつかったら、地球の生物はほろびてしまうほどのものだ、という。事実、衝突した痕が木星上にあるのが見えた。

そのときの驚きを忘れることができない。ぼくには地球の永続性をどこかで信じているところがあった。それに彗星は、汚れた雪のかたまりのようなもので、溶けて尾を発する、たよりないものだ、という風に説明されてきていた。しかし、考えてみるまでもなく、地球が他天体との衝突によって大激変をうける、などということは、起ってあたりまえのことではないか。

六千万年前にもユカタン半島に大激突があって、たちまち繁栄していた恐竜がほろび、哺乳類の世界に変るというようなことが起った。現実に今、それが木星に起らんとしている。病気で身心ともによわっていたぼくはそのとき受けた虚無感を今も、まざまざと思い出すのである。

ハッブル宇宙望遠鏡が大気圏外に打ちあげられたのは一九九〇年、それ以降の天文学の進歩はすさまじい。宇宙はますます途方もないものであることが判明しつつあり、たとえば宇宙の年齢は一三八億年というところにおちついてきた。またここ数年、定説になりかけている仮説によると、この宇宙は誕生して六十億年ほどしたあたりで膨張速度があがり、このままどんどん加速されながら涯《はて》しない拡散を続けていくことになるのではないかという。もし、そのようなことが本当に起っているのだとすれば、ぼくは唖然とするのみである。今卓上にある、うす桃色と黄の花のみずみずしく咲いている姿をながめて、ああ、美しい、もったいないと思うばかりである。

方丈記

原文

一

ゆく河の流れは絶えずして、しかも、もとの水にあらず。よどみに浮ぶうたかたは、かつ消え、かつ結びて、久しくとどまりたる例《ためし》なし。世の中にある、人と栖《すみか》と、またかくのごとし。

たましきの都のうちに、棟《むね》を並べ、甍《いらか》を争へる、高き、いやしき人の住《すま》ひは、世々を経て、尽きせぬ物なれど、これをまことかと尋ぬれば、昔ありし家はまれなり。或《あるい》は去年《こぞ》焼けて今年《ことし》作れり。或は大家《おほいへ》ほろびて小家《こいへ》となる。住む人もこれに同じ。所も変らず、人も多かれど、いにしへ見し人は、二三十人が中に、わづかにひとりふたりなり。朝《あした》に死に、夕《ゆふべ》に生るるならひ、ただ水の泡《あわ》にぞ似たりける。不知《しらず》、生れ死ぬる人、何方《いづかた》より来たりて、何方《いづかた》へか去る。また不知《しらず》、仮の宿り、誰《た》が為にか心を悩まし、何によりてか目を喜ばしむる。その、主《あるじ》と栖《すみか》と、無常を争ふさま、いはば朝顔の露に異《こと》ならず。或《あるい》は露落ちて花残れり。残るといへども、朝日に枯れぬ。或は花しぼみて露なほ消えず。消えずといへども、夕を待つ事なし。

二

予、ものの心を知れりしより、四十《よそぢ》あまりの春秋をおくれるあひだに、世の不思議を見る事、ややたびたびになりぬ。

去《いんじ》安元三年四月廿八日かとよ、風はげしく吹きて、静かならざりし夜、戌《いぬ》の時ばかり、都の東南《たつみ》より火出《い》で来て、西北《いぬゐ》に至る。はてには、朱雀門《しゆしやくもん》、大極殿《だいこくでん》、大学寮、民部省などまで移りて、一夜《ひとよ》のうちに塵灰《ちりはひ》となりにき。火元《ほもと》は、樋口富《ひぐちとみ》の小路《こうぢ》とかや、舞人《まひびと》を宿《やど》せる仮屋《かりや》より出で来たりけるとなん。吹き迷ふ風に、とかく移りゆくほどに、扇《あふぎ》をひろげたるがごとく、末広になりぬ。遠き家は煙《けふり》にむせび、近きあたりはひたすら焔《ほのほ》を地に吹きつけたり。空には灰を吹き立てたれば、火の光に映じて、あまねく紅《くれなゐ》なる中に、風に堪えず、吹き切られたる焔、飛ぶが如くして一二町を越えつつ移りゆく。その中の人、現《うつ》し心あらむや。或は煙にむせびて倒《たふ》れ伏し、或《あるい》は焔にまくれてたちまちに死ぬ。或は身ひとつ、からうじて逃《のが》るるも、資財を取り出づるに及ばず。七珍万宝《しつちんまんぼう》さながら灰燼《くわいしん》となりにき。そのつひえ、いくそばくぞ。そのたび、公卿《くぎやう》の家十六焼けたり。まして、その外《ほか》、数へ知るに及ばず。惣《すべ》て、都のうち、三分が一に及べりとぞ。男《なん》女《によ》死ぬるもの数十人、馬・牛のたぐひ、辺際《へんさい》を知らず。

人のいとなみ、皆愚かなる中に、さしも危ふき京中《きやうぢう》の家を作るとて、宝をつひやし、心を悩ます事は、すぐれてあぢきなくぞ侍《はべ》る。

また、治承四年卯月《うづき》のころ、中御門京極《なかのみかどきやうごく》のほどより大きなる辻風《つじかぜ》おこりて、六条わたりまで吹ける事侍りき。

三四町を吹きまくる間《あひだ》に、こもれる家ども、大きなるも小さきも一つとして破《やぶ》れざるはなし。さながら平《ひら》に倒れたるもあり、桁《けた》・柱ばかり残れるもあり。門《かど》を吹きはなちて四五町がほかに置き、また垣を吹きはらひて隣りと一つになせり。

いはむや、家のうちの資財、数をつくして空にあり。檜皮《ひはだ》・葺板《ふきいた》のたぐひ、冬の木《こ》の葉の風に乱《みだ》るが如し。塵を煙の如く吹き立てたれば、すべて目も見えず。おびたたしく鳴りどよむほどに、もの云ふ声も聞こえず。かの地獄の業《ごふ》の風なりとも、かばかりにこそはとぞおぼゆる。

家の損亡《そんまう》せるのみにあらず。これを取り繕《つくろ》ふ間に、身をそこなひ片輪《かたわ》づける人、数も知らず。この風、未《ひつじ》の方に移りゆきて、多くの人の嘆きなせり。

辻風は常に吹くものなれど、かかる事やある。ただ事《こと》にあらず、さるべきもののさとしか、などぞ疑ひ侍りし。

また、治承四年水無月《みなづき》の比《ころ》、にはかに都遷《うつ》り侍りき。いと思ひの外なりし事なり。

おほかた、この京のはじめを聞ける事は、嵯峨《さが》の天皇の御時、都と定まりにけるより後《のち》、すでに四百余歳を経たり。ことなるゆゑなくて、たやすく改まるべくもあらねば、これを世の人安からず憂《うれ》へあへる、実《げ》にことわりにも過ぎたり。

されど、とかく云ふかひなくて、帝《みかど》より始め奉りて、大臣《だいじん》・公卿みな悉《ことごと》く移ろひ給ひぬ。世に仕ふるほどの人、たれか一人ふるさとに残りをらむ。官《つかさ》・位《くらゐ》に思ひをかけ、主君のかげを頼むほどの人は、一日なりとも疾《と》く移ろはむとはげみ、時を失ひ世に余されて期《ご》する所なきものは、憂へながら留《と》まりをり。軒《のき》を争ひし人のすまひ、日を経つつ荒れゆく。家はこぼたれて淀河《よどがは》に浮び、地は目の前に畠となる。人の心みな改まりて、ただ馬・鞍《くら》をのみ重くす。牛・車を用する人なし。西南海の領所を願ひて、東北《とうぼく》の庄園を好まず。

その時、おのづから事の便りありて、津の国の今の京に至れり。所のありさまを見るに、その地、程狭《せば》くて、条里を割るに足らず。北は山にそひて高く、南は海近くて下《くだ》れり。波の音、常にかまびすしく、塩風ことにはげし。内裏《だいり》は山の中なれば、かの木《き》の丸殿《まろどの》もかくやと、なかなか様《やう》かはりて優なるかたも侍り。日々にこぼち、川も狭《せ》に運び下す家、いづくに作れるにかあるらむ。なほ空《むな》しき地は多く、作れる屋《や》は少なし。

古京はすでに荒れて、新都はいまだ成らず。ありとしある人は、皆浮き雲の思ひをなせり。もとよりこの所にをるものは、地を失ひて憂ふ。今移れる人は、土《と》木《ぼく》のわづらひある事を嘆く。道のほとりを見れば、車に乗るべきは馬に乗り、衣《い》冠《くわん》・布《ほ》衣《い》なるべきは、多く直垂《ひたたれ》を着たり。都の手ぶりたちまちに改まりて、ただひなびたる武士《もののふ》に異ならず。

世の乱るる瑞相《ずいさう》とか聞けるもしるく、日を経つつ世の中浮き立ちて、人の心もをさまらず。民の憂へ、つひに空《むな》しからざりければ、同じき年の冬、なほこの京に帰り給ひにき。されど、こぼちわたせりし家どもは、いかになりにけるにか、悉《ことごと》くもとの様にしも作らず。

伝へ聞く、いにしへの賢《かしこ》き御世には、あはれみを以て国を治め給ふ。すなはち、殿に茅《かや》ふきて、その軒をだにととのへず、煙の乏《とも》しきを見給ふ時は、限りある貢《みつぎ》物《もの》をさへゆるされき。これ、民を恵み世を助け給ふによりてなり。今の世のありさま、昔になぞらへて知りぬべし。

また、養和のころとか、久しくなりて覚えず。二年《ふたとせ》があひだ、世の中飢《け》渇《かつ》して、あさましき事侍りき。或《あるい》は春・夏ひでり、或は秋、大風・洪水など、よからぬ事どもうちつづきて、五穀ことごとくならず。むなしく、春かへし夏植うるいとなみありて、秋刈り冬収むるぞめきはなし。

　これによりて、国々の民、或《あるい》は地を棄てて境を出で、或は家を忘れて山に住む。さまざまの御祈りはじまりて、なべてならぬ法ども行はるれど、更にそのしるしなし。京のならひ、何わざにつけてもみなもとは田舎《ゐなか》をこそ頼めるに、たえて上《のぼ》るものなければ、さのみやは操《みさを》もつくりあへん。念じわびつつ、さまざまの財物《ざいもつ》、かたはしより捨つるがごとくすれども、更に目見立つる人なし。たまたま換ふるものは、金《こがね》を軽《かろ》くし、粟《あは》を重くす。乞食《こつじき》、路のほとりに多く、憂へ悲しむ声耳に満てり。

　前《まへ》の年、かくの如くからうじて暮れぬ。明《あく》る年は立ち直るべきかと思ふほどに、あまりさへ疫癘《えきれい》うちそひて、まささまに、あとかたなし。

　世《よ》人《ひと》みなけいしぬれば、日を経つつきはまりゆくさま、少水《せうすい》の魚《いを》のたとへにかなへり。はてには、笠うち着、足ひき包み、よろしき姿したるもの、ひたすらに家ごとに乞ひ歩《あり》く。かくわびしれたるものども、歩《あり》くかと見れば、すなはち倒れ伏しぬ。築地《ついぢ》のつら、道のほとりに、飢ゑ死ぬるもののたぐひ、数も知らず。

取り捨つるわざも知らねば、くさき香《か》世界に満ち満ちて、変りゆくかたちありさま、目も当てられぬこと多かり。いはむや、河原《かはら》などには、馬・車の行《ゆ》き交《か》ふ道だになし。

あやしき賤《しづ》・山がつも力尽きて、薪《たきぎ》さへ乏《とも》しくなりゆけば、頼むかたなき人は、みづからが家をこぼちて、市に出でて売る。一人が持ちて出でたる価《あたひ》、一日《ひとひ》が命にだに及ばずとぞ。あやしき事は、薪の中に、赤き丹《に》着き、箔《はく》など所々に見ゆる木、相ひまじはりけるを、たづぬれば、すべきかたなきもの、古寺《ふるでら》に至りて仏を盗み、堂の物の具を破り取りて、割り砕《くだ》けるなりけり。濁悪世《ぢよくあくせ》にしも生れ合ひてかかる心憂《う》きわざをなん見侍りし。

いとあはれなる事も侍りき。さりがたき妻《め》・をとこ持ちたるものは、その思ひまさりて深きもの、必ず先立ちて死ぬ。その故は、わが身は次にして、人をいたはしく思ふあひだに、まれまれ得たる食ひ物をも、かれにゆづるによりてなり。されば、親子あるものは、定まれる事にて、親ぞ先立ちける。また、母の命尽きたるを知らずして、いとけなき子の、なほ乳《ち》を吸ひつつ臥《ふ》せるなどもありけり。

仁和寺《にんわじ》に隆暁法印《りうげうほふいん》といふ人、かくしつつ数も知らず死ぬる事を悲しみて、その首《かうべ》の見ゆるごとに、額《ひたひ》に阿字《あじ》を書きて、縁を結ばしむるわざをなんせられける。人数《ひとかず》を知らむとて、四・五両月を数へたりければ、京のうち、一条よりは南、九条より北、京極よりは西、朱雀《しゆしやく》よりは東の、路のほとりなる頭《かしら》、すべて四万二千三百余りなんありける。いはむや、その前後に死ぬるもの多く、又、河原・白河・西の京、もろもろの辺地などを加へて云はば、際限もあるべからず。いかにいはむや、七道諸国をや。

崇徳院《しゆとくゐん》の御位《みくらゐ》の時、長承《ちやうじよう》のころとか、かかる例《ためし》ありけりと聞けど、その世のありさまは知らず。まのあたりめづらかなりし事なり。

また、同じころかとよ、おびたたしく大地震《おほなゐ》振ること侍りき。

そのさま、よのつねならず。山はくづれて河を埋《うづ》み、海は傾《かたぶ》きて陸地《くがち》をひたせり。土裂《さ》けて水涌《わ》き出で、巖《いはほ》割れて谷にまろび入る。なぎさ漕《こ》ぐ船は波にただよひ、道行く馬は足の立ちどをまどはす。都のほとりには、在々所々、堂舎塔廟《だうじやたふめう》、一つとして全《また》からず。或はくづれ、或《あるい》はたふれぬ。塵灰《ちりはひ》たちのぼりて、盛りなる煙の如し。地の動き、家のやぶるる音、雷《いかづち》にことならず。家の内にをれば、忽《たちまち》にひしげなんとす。走り出づれば、地割れ裂く。羽なければ、空をも飛ぶべからず。龍ならばや、雲にも乗らむ。恐れの中に恐るべかりけるは、只《ただ》地震なりけりとこそ覚え侍りしか。

其《そ》の中に、或る武者《むしゃ》のひとり子の六七ばかりに侍りしが、築地《ついぢ》のおほひの下に小家《こいへ》を作りて、はかなげなるあどなし事をして遊び侍りしが、俄《にはか》にくづれ、埋《う》められて、跡形《あとかた》なく、平《ひら》にうちひさがれて、二つの目など、一寸ばかりづつうち出だされたるを、父母《ぶも》かかへて、声を惜しまず悲しみあひて侍りしこそ、哀《あは》れに悲しく見侍りしか。子の悲しみには、猛《たけ》きものも恥を忘れけりと覚えて、いとほしくことわりかなとぞ見侍りし。

かく、おびたたしく振る事は、しばしにて止《や》みにしかども、そのなごり、しばしは絶えず。世の常、驚くほどの地震《なゐ》、二三十度振らぬ日はなし。十日・廿日過ぎにしかば、やうやう間遠《まどほ》になりて、或《あるい》は四五度、二三度、もしは一日まぜ、二三日に一度など、おほかた、そのなごり、三月《みつき》ばかりや侍りけむ。

四大種《しだいしゅ》の中に、水《すい》・火《くわ》・風《ふう》は常に害をなせど、大地《だいぢ》にいたりては、ことなる変をなさず。昔、斉衡《さいかう》のころとか、大地震《おほなゐ》振りて、東大寺の仏の御頭《みぐし》落ちなど、いみじき事ども侍りけれど、なほこのたびにはしかずとぞ。すなはちは、人皆あぢきなき事を述べて、いささか心の濁りもうすらぐと見えしかど、月日かさなり、年経にし後《のち》は、ことばにかけて云ひ出づる人だになし。

三

すべて、世の中のありにくく、我が身と栖《すみか》との、はかなく、あだなるさま、また、かくのごとし。いはむや、所により、身のほどにしたがひつつ、心を悩ます事は、あげて計《かぞ》ふべからず。

もし、おのれが身、数ならずして、権門のかたはらに居《を》るものは、深くよろこぶ事あれども、大きに楽しむにあたはず。嘆き切《せち》なる時も、声をあげて泣く事なし。進退《しんだい》やすからず、起居《たちゐ》につけて、恐れをののくさま、たとへば、雀《すずめ》の鷹《たか》の巣に近づけるがごとし。もし、貧しくして、富める家の隣りに居《を》る者は、朝夕《あさゆふ》すぼき姿を恥ぢて、へつらひつつ出で入る。妻子・僮僕《どうぼく》のうらやめるさまを見るにも、福家《ふけ》の人のないがしろなるけしきを聞くにも、心、念々に動きて、時として安からず。もし、狭《せば》き地に居《を》れば、近く炎上《えんしやう》ある時、その災《さい》を逃《のが》るる事なし。もし、辺地《へんぢ》にあれば、往反《わうばん》わづらひ多く、盗賊の難はなはだし。また、いきほひあるものは貪欲《とんよく》ふかく、独身《ひとりみ》なるものは人に軽《かろ》めらる。財《たから》あれば恐れ多く、貧しければ恨み切《せち》なり。人をたのめば、身、他《た》の有なり。人をはぐくめば、心、恩愛につかはる。世にしたがへば、身、くるし。したがはねば、狂せるに似たり。いづれの所を占《し》めて、いかなるわざをしてか、しばしもこの身を宿《やど》し、たまゆらも心を休むべき。

四

わが身、父方《ちちかた》の祖母《おほば》の家を伝へて、久しく彼《か》の所に住む。その後、縁欠けて、身おとろへ、しのぶかたがたしげかりしかど、つひにあととむる事をえず、三十《みそぢ》あまりにして、更に、わが心と、一つの庵《いほり》をむすぶ。

これをありしすまひにならぶるに、十分が一なり。居屋《ゐや》ばかりをかまへて、はかばかしく屋を作るに及ばず。わづかに築地《ついぢ》を築《つ》けりといへども、門《かど》を建《た》つるたづきなし。竹を柱として車をやどせり。雪降り、風吹くごとに、あやふからずしもあらず。所、河原《かはら》近ければ、水難もふかく、白波《はくは》のおそれもさわがし。

すべて、あられぬ世を念じ過ぐしつつ、心をなやませる事、三十余年なり。その間、折り折りのたがひめ、おのづからみじかき運をさとりぬ。すなはち、五十《いそぢ》の春を迎へて、家を出で、世を背《そむ》けり。もとより、妻子なければ、捨てがたきよすがもなし。身に官禄あらず、何に付けてか執《しふ》をとどめむ。むなしく大原山の雲に臥して、また五《いつ》かへりの春秋をなん経にける。

五

ここに、六十《むそぢ》の露消えがたに及びて、更に、末葉《すゑは》の宿りをむすべる事あり。いはば、旅人の一夜の宿を作り、老いたる蚕《かひこ》の繭《まゆ》を営むがごとし。これを中比《なかごろ》の栖《すみか》にならぶれば、又、百分が一に及ばず。とかく云ふほどに、齢《よはひ》は歳々《としどし》に高く、栖は折り折りにせばし。その家のありさま、よのつねにも似ず。広さはわづかに方丈、高さは七尺がうちなり。所を思ひさだめざるがゆゑに、地を占めて作らず。土居《つちゐ》を組み、うちおほひを葺《ふ》きて、継目《つぎめ》ごとにかけがねをかけたり。もし、心にかなはぬ事あらば、やすく外《ほか》へ移さむが為なり。その、改め作る事、いくばくのわづらひかある。積むところ、わづかに二両、車の力を報ふほかには、さらに他の用途《ようとう》いらず。

いま、日野山の奥に跡《あと》をかくして後《のち》、東に三尺余《あまり》の庇《ひさし》をさして、柴《しば》折りくぶるよすがとす。南、竹の簀子《すのこ》を敷き、その西に閼伽《あか》棚《だな》を作り、北によせて障子《しやうじ》をへだてて阿弥陀の絵像を安置《あんぢ》し、そばに普賢《ふげん》を掛《か》き、前に法花経《ほけきやう》を置けり。東のきはに蕨《わらび》のほどろを敷きて、夜《よる》の床《ゆか》とす。西南《せいなん》に竹の吊棚《つりだな》をかまへて、黒き皮籠《かはご》三合を置けり。すなはち、和歌・管絃・往生要集ごときの抄物《せうもつ》を入れたり。かたはらに、琴・琵琶《びは》おのおの一張《いつちやう》を立つ。いはゆる、をり琴・つぎ琵琶これなり。かりの庵《いほり》のありやう、かくのごとし。

その所のさまを云はば、南に懸樋《かけひ》あり。岩を立てて、水をためたり。林の木近ければ、爪木を拾ふに乏《とも》しからず。名を外山《とやま》と云ふ。まさきのかづら、跡うづめり。谷しげけれど、西晴れたり。観念のたより、なきにしもあらず。

春は藤波を見る。紫雲《しうん》のごとくして、西方ににほふ。夏は郭公《ほととぎす》を聞く。語らふごとに、死出の山路を契《ちぎ》る。秋はひぐらしの声、耳に満てり。うつせみの世をかなしむほど聞こゆ。冬は雪をあはれぶ。積り消ゆるさま、罪障にたとへつべし。もし、念仏ものうく、読経《どきやう》まめならぬ時は、みづから休み、みづからおこたる。さまたぐる人もなく、また、恥づべき人もなし。ことさらに無言《むごん》をせざれども、独り居《を》れば、口業《くごふ》を修めつべし。必ず禁戒を守るとしもなくとも、境界《きやうがい》なければ、何につけてか破《やぶ》らん。

もし、跡の白波《しらなみ》にこの身を寄する朝《あした》には、岡の屋に行《ゆ》きかふ船をながめて、満《まん》沙弥《しやみ》が風情《ふぜい》を盗み、もし、桂の風、葉を鳴らす夕《ゆふべ》には潯陽《じんやう》の江《え》を思ひやりて、源《げん》都督《ととく》のおこなひをならふ。もし、余興あれば、しばしば松のひびきに秋風楽をたぐへ、水の音に流泉《りうせん》の曲をあやつる。芸はこれつたなけれども、人の耳を喜ばしめむとにはあらず。ひとり調《しら》べ、ひとり詠じて、みづから情《こころ》をやしなふばかりなり。

また、ふもとに一つの柴の庵あり。すなはち、この山守が居《を》る所なり。かしこに小童《こわらは》あり。時々来たりて相ひとぶらふ。もし、つれづれなる時は、これを友として遊行《ゆぎやう》す。かれは十歳、これは六十《むそぢ》、そのよはひ、ことのほかなれど、心をなぐさむること、これ同じ。或《あるい》は茅花《つばな》を抜き、岩梨を取り、零余子《ぬかご》をもり、芹《せり》を摘《つ》む。或はすそわの田居《たゐ》にいたりて、落穂を拾ひて穂組《ほくみ》を作る。

もし、うららかなれば、峰によぢのぼりて、はるかにふるさとの空をのぞみ、木幡《こはた》山・伏見の里・鳥羽《とば》・羽束師《はつかし》を見る。勝地《しようち》は主《ぬし》なければ、心をなぐさむるにさはりなし。歩《あゆ》みわづらひなく、心遠くいたる時は、これより峰つづき、炭山を越え、笠取を過ぎて、或は石間《いはま》に詣で、或は石山ををがむ。もしはまた、粟津の原を分けつつ、蟬歌《せみうた》の翁《おきな》が跡をとぶらひ、田上河《たなかみ》をわたりて、猿丸大夫《さるまろまうちぎみ》が墓をたづぬ。かへるさには、をりにつけつつ、桜を狩り、紅葉《もみぢ》を求め、蕨《わらび》を折り、木《こ》の実《み》を拾ひて、かつは仏にたてまつり、かつは家《いへ》づととす。

もし、夜しづかなれば、窓の月に故人をしのび、猿の声に袖をうるほす。くさむらの蛍は、遠く槙《まき》のかがり火にまがひ、暁の雨は、おのづから木の葉吹く嵐に似たり。山鳥のほろと鳴くを聞きても、父か母かと疑ひ、峰の鹿の近く馴れたるにつけても、世に遠ざかるほどを知る。或はまた、埋《うづ》み火をかきおこして、老いの寝覚《ねざ》めの友とす。恐しき山ならねば、梟《ふくろふ》の声をあはれむにつけても、山中の景気、折りにつけて、尽《つ》る事なし。いはむや、深く思ひ、深く知らむ人のためには、これにしも限るべからず。

六

おほかた、この所に住みはじめし時は、あからさまと思ひしかども、今すでに、五年《いつとせ》を経たり。仮《かり》の庵《いほり》も、ややふるさととなりて、軒《のき》に朽《く》ち葉《ば》ふかく、土居《つちゐ》に苔《こけ》むせり。おのづから、ことの便りに都を聞けば、この山にこもり居《ゐ》て後《のち》、やむごとなき人のかくれ給へるもあまた聞こゆ。まして、その数ならぬたぐひ、尽《つ》してこれを知るべからず。たびたび炎上《えんしやう》にほろびたる家、また、いくそばくぞ。ただ仮の庵のみ、のどけくしておそれなし。ほどせばしといへども、夜臥《よるふ》す床《ゆか》あり、昼居《ゐ》る座あり。一身を宿《やど》すに不足なし。寄居《かむな》は小さき貝を好む。これ、事知れるによりてなり。みさごは荒磯《あらいそ》に居《ゐ》る。すなはち、人をおそるるがゆゑなり。われまた、かくのごとし。事を知り、世を知れれば、願はず、わしらず、ただしづかなるを望みとし、憂《うれ》へなきを楽しみとす。

惣《すべ》て、世の人のすみかを作るならひ、必ずしも、事の為にせず。或《あるい》は妻子・眷《けん》属《ぞく》の為に作り、或は親昵《しんぢつ》・朋友《ほういう》の為に作る。或は主君・師匠、および財宝・牛馬の為にさへ、これを作る。

われ、今、身の為にむすべり。人の為に作らず。ゆゑいかんとなれば、今の世のならひ、この身のありさま、ともなふべき人もなく、たのむべき奴《やっこ》もなし。縦《たと》ひ、ひろく作れりとも、たれを宿《やど》し、たれをか据《す》ゑん。

夫《それ》、人の友とあるものは、富めるをたふとみ、ねむごろなるを先とす。必ずしも、なさけあると、すなほなるとをば愛せず。只《ただ》、絲竹《しちく》・花月を友とせんにはしかじ。人の奴たるものは、賞罰はなはだしく、恩顧あつきを先とす。更に、はぐくみあはれむと、安くしづかなるとをば願はず。只、わが身を奴婢《ぬび》とするにはしかず。

いかが奴婢とするならば、もし、なすべき事あれば、すなはちおのが身をつかふ。たゆからずしもあらねど、人をしたがへ、人をかへりみるよりやすし。もし、ありくべき事あれば、みづからあゆむ。苦しといへども、馬・鞍・牛・車と、心をなやますにはしかず。

今、一身をわかちて、二つの用をなす。手の奴、足の乗り物、よくわが心にかなへり。身、心の苦しみを知れれば、苦しむ時は休めつ、まめなれば使ふ。使ふとても、たびたび過ぐさず。ものうしとても、心を動かす事なし。いかにいはむや、つねにありき、つねにはたらくは、養性《やうじやう》なるべし。なんぞ、いたづらに休みをらん。人をなやます、罪業《ざいごふ》なり。いかが、他の力を借《か》るべき。

衣食のたぐひ、またおなじ。藤の衣、麻のふすま、得るにしたがひて、肌《はだへ》をかくし、野辺《のべ》のおはぎ、峰の木《こ》の実《み》、わづかに命をつぐばかりなり。人にまじはらざれば、姿を恥づる悔《く》いもなし。糧《かて》ともしければ、おろそかなる報《ほう》をあまくす。惣《すべ》て、かやうの楽しみ、富める人に対して云ふにはあらず。只、わが身ひとつにとりて、昔と今とをなぞらふるばかりなり。

おほかた、世をのがれ、身を捨てしより、恨みもなく、恐れもなし。命は天運にまかせて、惜しまず、いとはず。身は浮雲《ふうん》になずらへて、頼まず、全《また》しとせず。一期《いちご》の楽しみは、うたたねの枕の上にきはまり、生涯の望みは、折り折りの美景に残れり。

夫《それ》、三界《さんがい》はただ心一つなり。心もし安からずは、象馬《ざうめ》・七珍《しつちん》もよしなく、宮《くう》殿《でん》・楼閣《ろうかく》も望みなし。今、さびしきすまひ、一間《ひとま》の庵《いほり》、みづからこれを愛す。おのづから、都に出でて、身の乞匃《こつがい》となれる事を恥づといへども、帰りてここに居《を》る時は、他の俗塵に馳《は》する事をあはれむ。

もし、人この云へる事を疑はば、魚《いを》と鳥とのありさまを見よ。魚は水に飽かず。魚にあらざれば、その心を知らず。鳥は林を願ふ。鳥にあらざれば、その心を知らず。閑居の気味《きび》もまた同じ。住まずして、たれかさとらむ。

七

そもそも、一期《いちご》の月影かたぶきて、余算の山の端《は》に近し。たちまちに、三途《さんづ》の闇にむかはんとす。何のわざをかかこたむとする。仏の教へ給ふおもむきは、事にふれて執心なかれとなり。今、草庵を愛するも、閑寂《かんせき》に着《ぢやく》するも、障《さは》りなるべし。いかが、要なき楽しみを述べて、あたら、時を過ぐさむ。

静かなるあかつき、このことわりを思ひつづけて、みづから心に問ひて云はく、世をのがれて、山林にまじはるは、心を修めて道をおこなはむとなり。しかるを、汝《なんぢ》、姿は聖人《ひじり》にて、心は濁りに染《し》めり。栖はすなはち、浄名居士《じやうみやうこじ》の跡をけがせりといへども、たもつところは、わづかに周梨槃特《しゆりはんどく》が行《おこな》ひにだに及ばず。もし、これ、貧賤の報《ほう》のみづからなやますか、はたまた、妄心《まうじん》のいたりて狂せるか。その時、心、更に答ふる事なし。只、かたはらに舌根をやとひて、不請阿弥陀仏《ふしやうあみだぶつ》、両三遍申してやみぬ。

時に、建暦《けんりやく》の二年《ふたとせ》、弥生《やよひ》のつごもりごろ、桑門《さうもん》の蓮胤《れんいん》、外山《とやま》の庵《いほり》にして、これをしるす。

（三木紀人　校訂）

あとがき

「方丈記」は、少年時代から好きだった。日本の古典文学に詳しい、なんてまったくいえないぼくだが、「方丈記」は〈自分のもの〉だという気分で、親しみを感じていた。理屈はどうでもいい。ぼくにはずっと友達のような感触でありつづけている。

そのわけをぼくなりに語ってみたのが「私の方丈記」である。書いてみて、とても納得がいった。

ぼくの訳は、注を見たりしないで、今の人間が読みやすい、ということを念頭においてつくった。だから先人のお仕事を参考にしてとりこませていただいた。ぼくのやったことは、そういう試みである。

三・一一の大地震・津波があり、また今年のお天気はとても乱暴で、竜巻はしょっちゅう起きた。「方丈記」を読んでいた少年のころには日本に竜巻など起りっこないと思っていたが、今やしょっちゅうである。鴨長明の日本はまさしく今の日本と同じなのだ。

「方丈記」訳文作成の底本には、三木紀人さんのお仕事を使わせていただいた。初出は講談社『少年少女古典文学館10　徒然草・方丈記』である。「私の方丈記」は雑誌「俳句界」（二〇〇七年六月号〜二〇〇八年五月号）、清水哲男さんに連載させてもらったものに加筆したエッセイである。記して謝意を表する。併せて一冊の本になることがうれしい。

二〇一三年暮

三木　卓

文庫版あとがき

この本の中心になるエッセイを、「俳句界」誌に連載してから十年近くたった。なんだかあっというまだったような気がする。以前に作成した現代語訳と併せて河出書房新社から『私の方丈記』として新書版で出してもらってから二年、今度は「河出文庫」の一冊として刊行してもらえることになった。ありがたいことである。

今、ぼくは八十一歳になったところである。鴨長明は六十ちょっとでなくなったが、現代は長命になっているから、ぼくの方が長生きしているとはいえない。今度、あらためて「方丈記」を読みなおしたが、やはり長明はぼくよりお兄さんである。かれの年齢を追いこしているという気分はまるでない。

かれは、人生いちばんの楽しみは、うたたねをすることにつきるというようなことをいっているが、さまざまな病いをへて生きているぼくには、一段と迫真的なものを感じる。いや、「方丈記」にあらわれているかれの気持に、ぼくはさらににじりよっているのである。

今年二〇一六年にも、熊本でしつこい余震群を伴う大きな地震があった。大地震がきた、と思っていたらそれは次なる大地震の予告的地震で、いったん避難した人々が自分の家にもどったところに本震がおそってきて、不運な遭難者たちが出たりした。今年は鴨長明没後八百年にあたるというが、状況は変わらない。おそらくこれからも、すこしずつ対策に知恵はついてくるだろうが、状況は変わらないだろう。しかしだからといって人々がほろんでしまうことはない。歎き苦しみながらも生き残る人々は逞しく生き残り、生きていくだろう。

新書版にひき続き、河出書房新社の太田美穂さんのお世話になった。

二〇一六年七月

三木　卓

解説

青柳いづみこ

数年前から、すべての公的な仕事をやめてこもりたい……と思っている。こもって、二〇一八年に没後百年を迎えるクロード・ドビュッシーの晩年を追う仕事に専念したいと。二〇一六年こそそのつもりだったが果たせず、一七年にもすでにいくつかの公演を入れてしまった。このぶんでは二〇一八年もひきこもりに成功しないことが大いに予想される。

公的な仕事といっても大してあるわけではない。大阪の音楽大学は年に十五回行けばよいいし、都内のセミナーは年に十回である。オフィシャルに声がかかるステージも年に一度か二度あればよいほう。

つまり、すでにこもっているのとほとんど変わりないのだが、それでもその十五回だか十回だか一～二回だかをすべてなくしてしまうのは怖い。

三木卓さんの『私の方丈記』は私の座右の書で、いつも手に届くところに置き、ときどき好きなページを読んでいる。それはなかなかひきこもりに成功しないからで、もしかして本当にこもることになれば、もうこの書は必要なくなるかもしれない。

本書は冒頭に三木卓訳の鴨長明『方丈記』、その一節を枕に三木さん自身の来し方を語るページがつづき、最後に原文のままの『方丈記』が置かれている。

それにしても九百年前の京都と現在の東京の、なんと似ていることか。大火事、つむじ風、そして大地震……。首都移転も取り沙汰されているが、鴨長明は実際に遷都を経験している。あるとき突然、都が平安京から福原に移ってしまったのだ。四百年もの間栄えていた都があっという間にさびれていく。かといって新都はまだできあがっていない。「人々はだれも、浮き雲のような宙ぶらりんの気分である」

三木さん自身は、都どころか国がなくなってしまう状況を体験している。満二歳で家族とともに中国にわたり、大連、奉天を経て移り住んだ満洲国の首都新京は、一九四五年八月、ソ連軍の侵攻によってあっけなく崩壊した。

「首都新京（現長春）にあった関東軍の司令部が、もっとへんぴな場所に移った、というニュースがはいってきたときの空虚感は忘れられない」

政治に守ってもらえなくなった三木さんは、小学校四年生で父親という庇護者も失う。引き揚げの途中で祖母が亡くなり、祖父と母と兄の四人で焼け跡の日本に帰り、母親の生まれ故郷である静岡に身を寄せる。

三木さんは常に引き算で人生を語る。高校三年のときは「難しい大学」を受けて落ちた。一九六八年には、中間管理職をつとめていた企業が倒産し、人員整理をおこなう役目がまわってくることを予感してやめてしまう。「再建にむかう会社には、残っていてもたいへんな仕事が残っているだけで、ぼくは、今までのように家に帰ってから詩や文章を書く余裕はとてももてないだろう」というのが理由だった。

わずか三十三歳で中間管理職になるには、それなりの成功体験があったはずだが、三木さんはあえて語らない。会社をやめて五年後には芥川賞を受賞し、その後もずっと受賞つづきなのだが、それについてもふれない。引き揚げて十年後に祖父が亡くなり、十五年前に母が、二年前に兄も亡くなり、「とうとう一人だけの引揚げ家族の生き残り」になったと、そんなふうに語る。

しかし、住居ばかりは勝手に足し算になってしまう。学生時代の三畳間、兄と借りた荒野の一軒家、そこで所帯をもち、移り住んだ四畳半と三畳のマッチ箱みたいな貸家。ひたすら葉書を出してやっと当選した二ＤＫの団地、そして現在も住む鎌倉の高層団地。

「長明はうんと大きな邸宅から、だんだん居住空間をせまくしていって、とうとうこの方丈の間にたどりついたらしい。だから、この縮小過程は、逆に実は拡大人生をつねに望んでいたことになったぼくには相当に口惜しい」

鴨長明は父方の祖母の家をついで住み、三十歳を過ぎたころ鴨川のほとりに以前の十分の一ぐらいの仮住まいを建てた。五十歳の春をむかえたときに家を出て僧侶となり、六十歳になったとき、平安京のはずれの日野山の奥に、鴨川べりの住居の百分の一もない庵を結んだ。ここが約三メートル、つまり一丈四方の広さだったことから『方丈記』のタイトルが生まれた。

「だれかを頼りにすると自分は失われ、その者のさしずの下に身をおくことになる。だれかのめんどうを見れば、愛着する気持ちにしばられる。世間のいうとおりにしていると、自由がなくて苦しい。かといって世間にさからうと、頭のおかしなやつと思われる。せめてしばらくのあいだでもこの身をくつろがせ、休息をとらせたいと思うが、そういう者はどういうところにいて、なにをすればいいのか」という問いかけに対する、ひとつの答だった。

春は藤の花がいっせいに咲く。夏はほととぎす、秋はひぐらしの声を聞き、冬は雪を見つめる。「ときにはお念仏をとなえるのもめんどうくさく、お経にも気がのらないときがある。そういうときは自分で休みときめ、なまけることにしている」というのがいい。

三木卓さんも怠けるのが好きらしい。いっしょうけんめいやろうと思っても気がつくと怠けている。がんばっても怠けてしまう。

三木さんの「方丈の間」は鎌倉のアパートで、お念仏はパソコンでの書きもの仕事だ。どうしても気が乗らない仕事だと、とりかかれないままひたすら無為に時間がすぎていく。どうしてもしなければならない仕事は、その重要さゆえにかえってすすまない。もしかして締め切りを落としてしまうかもしれないと思うことが、実は微妙に快感だったりする。

「三十なかばに会社をやめてしまったときは、正直いってとても寂しかった」と三木さんは書く。「しかし、じきに二十四時間で区切られる生活から離脱していることが快くなっていった。ぼくはもう世間の人のようながまんのつきあいをしながら生きなくてもいい、自分の運命だけを考えて生きていけばいいという気持に慣れてきたら、だんだんまわりがちがって見えてきた」

私も早くそうなりたい。

（ピアニスト・文筆家）

＊本書は二〇一四年二月、新書判単行本として河出書房新社より刊行されました。尚、初出は左記の通りです。

記

現代語訳　方丈記――『少年少女古典文学館10　徒然草・方丈記』一九九二年四月　講談社
私の方丈記――「俳句界」二〇〇七年六月号～二〇〇八年五月号
（「ぼくの方丈記」改題）
方丈記　原文――『新潮日本古典集成　方丈記　発心集』一九七六年十月　新潮社

私《わたし》の方丈記《ほうじょうき》【現代語《げんだいご》訳付《やくつき》】

二〇一六年一〇月一〇日　初版印刷
二〇一六年一〇月二〇日　初版発行

著　者　三木《みき》卓《たく》
発行者　小野寺優
発行所　株式会社河出書房新社
〒一五一―〇〇五一
東京都渋谷区千駄ヶ谷二―三二―二
電話〇三―三四〇四―八六一一（編集）
〇三―三四〇四―一二〇一（営業）
http://www.kawade.co.jp/

ロゴ・表紙デザイン　粟津潔
本文フォーマット　佐々木暁
本文組版　KAWADE DTP WORKS
印刷・製本　中央精版印刷株式会社

Printed in Japan ISBN978-4-309-41485-0

現代語訳 歌舞伎名作集

小笠原恭子〔訳〕　40899-6

「仮名手本忠臣蔵」「菅原伝授手習鑑」「勧進帳」などの代表的な名場面を舞台の雰囲気そのままに現代語訳。通して演じられることの稀な演目の全編が堪能できるよう、詳細なあらすじ・解説を付した決定版。

現代語訳 竹取物語

川端康成〔訳〕　41261-0

光る竹から生まれた美しきかぐや姫をめぐり、五人のやんごとない貴公子たちが恋の駆け引きを繰り広げる。日本最古の物語をノーベル賞作家による美しい現代語訳で。川端自身による解説も併録。

現代語訳 南総里見八犬伝　上

曲亭馬琴　白井喬二〔現代語訳〕　40709-8

わが国の伝奇小説中の「白眉」と称される江戸読本の代表作を、やはり伝奇小説家として名高い白井喬二が最も読みやすい名訳で忠実に再現した名著。長大な原文でしか入手できない名作を読める上下巻。

現代語訳 南総里見八犬伝　下

曲亭馬琴　白井喬二〔現代語訳〕　40710-4

全九集九十八巻、百六冊に及び、二十八年をかけて完成された日本文学史上稀に見る長篇にして、わが国最大の伝奇小説を、白井喬二が雄渾華麗な和漢混淆の原文を生かしつつ分かりやすくまとめた名抄訳。

四万十川 第1部 あつよしの夏

笹山久三　40295-6

貧しくも温かな家族に見守られて育つ少年・篤義。その夏、彼は小猫の生命を救い、同級の女の子をいじめから守るために立ちあがった……。みずみずしい抒情の中に人間の絆を問う、第二十四回文藝賞受賞作。

そこのみにて光輝く

佐藤泰志　41073-9

にがさと痛みの彼方に生の輝きをみつめつづけながら生き急いだ作家・佐藤泰志がのこした唯一の長篇小説にして代表作。青春の夢と残酷を結晶させた伝説的名作が二十年をへて甦る。

島田雅彦芥川賞落選作全集　上

島田雅彦　41222-1

芥川賞最多落選者にして現・選考委員島田雅彦の華麗なる落選の軌跡にして初期傑作集。上巻には「優しいサヨクのための嬉遊曲」「亡命旅行者は叫び呟く」「夢遊王国のための音楽」を収録。

笙野頼子三冠小説集

笙野頼子　40829-3

野間文芸新人賞受賞作「なにもしてない」、三島賞受賞作「二百回忌」、芥川賞受賞作「タイムスリップ・コンビナート」を収録。その「記録」を超え、限りなく変容する作家の「栄光」の軌跡。

日本の伝統美を訪ねて

白洲正子　40968-9

工芸、日本人のこころ、十一面観音、着物、骨董、髪、西行と芭蕉、弱法師、能、日本人の美意識、言葉の命……をめぐる名手たちとの対話。さまざまな日本の美しさを探る。

枯木灘

中上健次　41339-6

熊野を舞台に繰り広げられる業深き血のサーガ…日本文学に新たな碑を打ち立てた著者初長編にして圧倒的代表作。後日談「覇王の七日」を新規収録。毎日出版文化賞他受賞。解説／柄谷行人・市川真人。

絵本　徒然草　上

橋本治　40747-0

『桃尻語訳　枕草子』で古典の現代語訳の全く新しい地平を切り拓いた著者が、中世古典の定番『徒然草』に挑む。名づけて「退屈ノート」。訳文に加えて傑作な註を付し、鬼才田中靖夫の絵を添えた新古典絵巻。

絵本　徒然草　下

橋本治　40748-7

人生を語りつくしてさらに“その先”を見通す、兼好の現代性。さまざまな話柄のなかに人生の真実と知恵をたたきこんだ変人兼好の精髄を、分かり易い現代文訳と精密な註・解説で明らかにする。